Voyage clandestin avec deux femmes bavardes

DU MÊME AUTEUR

Chez le même éditeur

IPSO FACTO, 1998

ACNÉ FESTIVAL, 1999

SPÉCIMEN MÂLE, 2001

O.N.G !, Grand Prix de l'Humour noir et Prix Rive Droite / Rive Gauche – Paris Première, 2003

LE TRUOC-NOG, 2003

JEANNE D'ARC FAIT TIC-TAC, 2005

LES TROIS VIES DE LUCIE, 2006

THRILLER, 2009

L'ÉCOLOGIE EN BAS DE CHEZ MOI, 2011

L'AMBITION, 2013

LA REVANCHE DE KEVIN, 2015

LE RETOUR DE RUSSIE, 2017

ÉCRIRE À L'ÉLASTIQUE, avec Nicolas Fargues, 2018

LES SERVICES COMPÉTENTS, 2020

CES CASSEROLES QUI APPLAUDISSENT AUX FENÊTRES, 2020

LA MARCHE DU CANARD SANS TÊTE, 2021

LE JOURNAL D'ALIX, 2022

Z COMME ZOMBIE, 2022

Iegor Gran

Voyage clandestin avec deux femmes bavardes

P.O.L
33, rue Saint-André-des-Arts, Paris 6e

ISBN : 978-2-8180-5876-3
www.pol-editeur.com

Entrer dans la forêt

À la fin de l'année 2021, trois mois avant l'invasion de l'Ukraine, tandis que je parcourais les méandres des réseaux sociaux à la recherche d'indices sur la guerre qui se préparait, j'ai eu la chance de repérer deux comptes Twitter où se lisaient, jour après jour, les pulsations des passions russes. Avec candeur et flamme, chacune à sa manière et indépendamment l'une de l'autre, deux femmes simples racontaient leur vie quotidienne. Leurs publications étaient courtes – c'est le propre de Twitter que d'obliger à dire l'essentiel en deux phrases. Leur présence était abondante, allant parfois, quand la vie s'accélérait, jusqu'à dix publications par jour. Surtout, Svetlana et Elena y parlaient d'elles-mêmes et se livraient sans filtre.

L'une était assistante à l'école maternelle, l'autre vendeuse de tickets dans un tramway.

Héroïnes de leur propre récit, celui d'un quotidien ordinaire de province, elles avaient trouvé d'instinct la bonne distance, quand on n'est pas en représentation de soi-même tout en ne pouvant s'empêcher de livrer des détails de sa vie intime, car telle est la loi du genre quand on construit un réseau de sympathies par affinités.

C'était un de leurs objectifs, à l'évidence, et la plate-forme choisie les servait admirablement. La brièveté imposée des messages Twitter a cet avantage de chasser le paraître, pour laisser la place au fond, souvent cru et sec. Le tweet favorise le laconisme, le clin d'œil, le sous-entendu, le jugement à l'emporte-pièce. On n'impose pas aux autres des tartines de prose, comme on a tendance de le faire avec Facebook ou Telegram ; on se contrefiche du style, de la ponctuation, et, souvent, de la grammaire ; on lance une ou deux phrases en l'air, un bon mot, une indignation, on y ajoute quelques smileys expressifs, et la socialisation s'enclenche naturellement. Avec Twitter, on cerne une personne très vite, en mode j'aime / j'aime pas – ses goûts, ses opinions, son attitude. Idéal également quand on n'est pas une littéraire, qu'on a du mal avec les phrases longues et les exposés en trois parties, qu'on a envie de rebondir du coq à l'âne, pour titiller rapidement ses contacts quand on a du temps dans les transports.

Ainsi, sans s'en rendre compte, car elles n'étaient ni journalistes, ni blogueuses professionnelles, et encore moins écrivaines, Svetlana et Elena tenaient cette chronique de la Russie ordinaire que j'avais tant attendue.

Depuis, je les suis à distance, aussi fidèle qu'une ombre, aussi discret qu'un sous-marin. Mes journées commencent avec elles, dans leur cuisine, et se terminent avec elles, dans leur salle de bains. Elles exhibent avec générosité leur quotidien dans toute sa splendide banalité. Comment elles prennent l'autobus, réparent le lave-linge, discutent entre copines. Je laisse traîner mon œil sur leur liste de commissions et leur feuille de paie, qu'elles partagent volontiers au milieu de soupirs navrés, puis je les accompagne au supermarché, je réfléchis avec elles à la couleur du vernis pour les ongles et je radote sur le prix du concombre, qui a encore augmenté.

L'une habite en banlieue de Nijni Novgorod, sur la Volga, l'autre dans un quartier excentré de Perm, grande ville de l'Oural.

C'est loin d'être la forêt impénétrable, mais c'est déjà suffisamment éloigné de la capitale. Nijni est à plus de six heures de train de Moscou. Quant à Perm, mieux vaut éviter d'y aller en train ; avec les correspondances et les vitesses d'escargot des lignes régionales, ça vous prendrait vingt-trois heures.

Le bruit de la guerre leur parvient chaque jour à travers la télévision, mais aussi via les réseaux sociaux, et les discussions entre copines. Elles livrent alors leurs états d'âme sans fard, avec la spontanéité d'une casserole de lait qui déborde, et n'hésitent pas à hausser le ton quand elles ne sont pas d'accord. L'« opération militaire spéciale » les obsède, même si elle ne les touche pas directement dans leur famille. Elles n'ont pas de fils en âge de servir, pas de frère mobilisable, pas d'amis qui partent au front, ce qui ne les empêche pas de se sentir en première ligne.

Quand elles s'enthousiasment ou s'indignent, que ce soit au sujet de la guerre ou d'autre chose, ce sont des mots crus en prise directe avec le cœur qui se déversent. Les termes sont alors bien sentis – ces dames ont du tempérament et une large palette de vocabulaire fleuri. Leurs publications sont parsemées de ces grossièretés et abréviations tant aimées des Russes, ce qui donne à leur propos saveur, fraîcheur et authenticité. On y trouve une abondance de *Kh.Z*, en russe X3, abréviation de хуй знает [khouil znaïet] (littéralement une bite sait), expression utilisée pour signifier l'absence d'information, le désarroi ou le désintérêt, comme quand Elena dit :

– Tandis que je rendais la monnaie, un type me tend un billet de 100 roubles qu'il a ramassé à mes pieds, dans le tram, genre c'est à vous ? C'est gentil mais seule une bite sait si c'est à moi et ce que je vais en faire. Le mettre dans la caisse ou dans la poche ?

Ou Svetlana :

– Une bite sait pourquoi je passe autant de temps sur Twitter. Une malédiction !

Elena ponctue ses indignations de *P.Ts*, en russe ПЦ, abréviation de пиздец [pizdets], que l'on pourrait traduire par un prosaïque *c'est la merde* ou, avec une touche lyrique, *c'est la cramouille noire* – le substantif *pizda*, d'une vulgarité extrême, désignant le sexe féminin. Ainsi, Elena :

– J'ai vu des images terribles de Bakhmout, c'est la totale cramouille noire.

Svetlana évite les expressions aussi grossières et préfère le doux *blin*, en russe блин (crêpe), un euphémisme par paronymie où l'on a remplacé le mot interdit блядь (pute) par l'innocente « crêpe » :

– Mon ordi déconne, crêpe ! pile au moment où l'école me file du boulot administratif.

Ou bien :

– Je ne comprends pas pourquoi l'ambassade de Pologne à Moscou n'est toujours pas fermée, crêpe ! alors que les polacks pensent que nous sommes des terroristes et qu'ils nous ont désignés comme ennemis.

Ces confidences des profondeurs, dans leur jus, de femmes simples affrontant leur quotidien tout en étant spectatrices d'une abomination dans laquelle leur pays trempe jusqu'au cou, étaient aussi dérangeantes que fascinantes. Dans le télescopage du trivial et du tragique s'ouvraient des pistes pour interroger l'avenir de la Russie, si tant est qu'il y en ait un, après tant de destructions et de crimes de guerre commis en Ukraine. À travers Svetlana, j'accédais à la Russie des marécages nauséabonds, des monstres à nul autre pareils, saisis par un délire d'empire – tout ce qui dégoûte les élites intellectuelles russes et leur fait peur. C'est que, contrairement à ses aînés du XIXe siècle, l'intelligentsia libérale d'aujourd'hui ne s'intéresse absolument pas aux gens ordinaires, qu'elle ne fréquente pas, ni de près ni de loin, par snobisme de classe et par peur d'y découvrir des bas-fonds incompatibles avec ses rêves bleus d'une Russie libre et démocratique.

Par le prisme d'Elena, au contraire, je voyais poindre, comme une tache de lumière au fond d'un puits, le timide espoir d'une nation russe qui, un jour, ne serait plus anthropophage.

Quand je faisais abstraction de leurs opinions politiques (ce qui n'était pas facile avec Svetlana, la « patriote »), je découvrais deux femmes enfermées dans leurs solitudes et deux cheminements escarpés, entre ravins économiques et déceptions romantiques, dans une Russie de province où l'aigreur est omniprésente. Là-bas, loin de la poudre aux yeux de Moscou, tout est vrai. Les attitudes, la vulgarité, les misères et les peurs.

C'est donc avec l'enthousiasme naïf de l'explorateur de forêts impénétrables, et une certaine appréhension mêlée de fébrilité, comme quand on s'embarque pour une chasse au trésor, que je me suis mis à parasiter la vie de Svetlana et d'Elena. Guidé par les réverbérations de leurs éclats de voix, j'y ai découvert pas mal de culs-de-sac infestés de maladies incurables, mais aussi quelques clairières bucoliques où il n'est pas impossible que l'on puisse un jour construire une cabane.

Semblables et différentes

La vie économique de mes dames n'est pas étincelante.

Avec leurs métiers d'assistante à l'école maternelle (Svetlana) et de vendeuse de tickets de tramway (Elena), elles touchent un salaire très médiocre et comparable, oscillant entre 25 000 et 30 000 roubles par mois (380 à 460 euros[1]), en fonction des primes

1. Au cours de change moyen observé en 2022. Depuis, le rouble a considérablement baissé.

et des heures sup. Nous sommes dans la fourchette basse des salaires, au-dessus toutefois du minimum légal, qui est au ras du sol en Russie, mais loin du salaire moyen qu'on distribue théoriquement dans ces régions[1]. Les fins de mois sont raides, les envies de voyage jamais assouvies, le lèche-vitrines est frustrant. Elles se lèvent chaque matin entre 4 h 30 et 5 h 30, avec une heure de transport pour arriver au boulot. Elles n'ont pas de voiture, et l'idée même d'en posséder une leur semblerait aussi incongrue que si on leur proposait la jouissance d'un excavateur.

Jolies blondes dans leur quarantaine épanouie, elles vivent seules, chacune dans

---

1. Le salaire moyen officiel est de 41 300 roubles dans la région de Nijni Novgorod et de 46 000 roubles dans la région de Perm (voir gogov.ru). Pour donner une idée du contraste qui existe entre la capitale et la province, le salaire moyen officiel est de 11 000 roubles à Moscou et sa région.

la tanière d'un appartement bas de plafond, dans une barre d'immeuble, au premier ou au deuxième étage. C'est petit mais propre, un brin encombré – des bibelots, des plantes, un fer à repasser… Un chat pour l'une, un chien pour l'autre, ramassés dans la rue car elles ont bon cœur, complètent leur quotidien.

Les rencontres masculines n'aboutissent pas vraiment : divorcées, ayant traversé plusieurs échecs sentimentaux récents, ces dames sont exigeantes et romantiques. Draguées en ligne et en dehors, elles cherchent la perle rare, et veulent bien y passer du temps. C'est pour cette raison qu'elles sont à ce point actives sur les réseaux sociaux, et qu'elles y ouvrent leur porte à des inconnus et des voyeurs, dont je suis.

Si elles papotent sur plusieurs sites simultanément, comme Odnoklassniki ou Vkontakte, la plate-forme la plus populaire en Russie[1], c'est quand même Twitter qui reste leur chapelle préférée, et de loin. Il y a une forme d'élitisme à se retrouver sur Twitter. Le média est bloqué en Russie depuis mars 2022. Pour y accéder, il faut un VPN (réseau privé virtuel) qui masque l'adresse de connexion et permet de passer sous le radar de Roskomnadzor, l'organisme de censure. C'est un club sélectif, réservé à ceux qui sont à l'aise avec l'idée de ne pas être entièrement dans les clous, et prêts à jongler fréquemment avec les sparadraps techniques – ces dames appellent souvent à l'aide (« Mon VPN m'a encore lâché »), et trouvent toujours de galants messieurs prêts à partager leur science pour les dépanner. Les rencontres potentielles que l'on fait ainsi, entre initiés, sont plus rassurantes et

---

1. Vkontakte rassemble 97 millions d'utilisateurs actifs par mois. Odnoklassniki est à 45 millions. Twitter est très loin derrière, avec environ 3 millions d'utilisateurs en 2022.

savoureuses. On a d'emblée des choses à partager.

Rapidement elles sont devenues accros. Ainsi, Elena, après une panne de portable :

– Mon premier tweet avec le nouveau smartphone ! À la boutique, une jeune femme, Monica, m'a aidée à réinstaller Twitter. Crêpe ! Elle l'utilise aussi ! C'est un nom cool, Monica, tellement étrange pour une Russe. Twitter est encore plus cool que Monica et je suis si heureuse d'être de retour !

Quelques heures plus tard, la même Elena ne peut s'empêcher d'avouer, dans ce tweet tout simple :

– Oh oui, j'aime Twitter. Je me sens choisie.

La fervente déclaration est ponctuée de cœurs en émoji.

Svetlana, entre deux déboires techniques :

– Miracle des dieux, mon Twitter

marche soudain sans VPN. Ou est-ce Roskomnadzor qui déconne ? Quelqu'un aurait-il une explication ? Bon, il marche, c'est déjà ça, croisons les doigts.

Par ailleurs, Svetlana se définit comme une « patriote », et davantage même – on le verra en détail plus loin. Se servir de Twitter, une plate-forme américaine où s'expriment librement de nombreux ennemis de la Russie, devrait être incompatible avec ses convictions politiques. Elle se dépatouille de cette contradiction comme des milliers d'autres Russes « patriotes », en soulignant que des piliers de la Poutinie, comme Margarita Simonian ou Vladimir Soloviev[1], ne jouent pas les bégueules quand il s'agit de diffuser les messages du Kremlin et entre-

---

1. Apostrophé régulièrement au sujet de Twitter et traité d'hypocrite, Vladimir Soloviev a craqué et n'a plus utilisé son compte depuis le 1er août 2022 sans le supprimer pour autant. Margarita Simonian continue de s'en servir abondamment.

tiennent des comptes Twitter. Pourquoi devrait-elle être plus royaliste que le roi ?... Ses convictions patriotiques étant en béton, elle s'estime immunisée contre la « propagande ukro-occidentale » qu'elle pourrait y croiser. Armée de ce droit qu'elle s'est accordé à elle-même, se jugeant sur ce plan supérieure aux Russes ordinaires, elle se sent parfaitement légitime à consommer (et surconsommer) cet outil... jusqu'à en avoir mauvaise conscience. Comme elle le dit elle-même, sous la forme d'une boutade espiègle, postée sous un selfie de sa coquette frimousse :

– Un jour, une jeune femme est entrée sur Twitter. Elle en est ressortie grand-mère.

Elle récolte aussitôt son lot de commentaires élogieux de la part d'hommes qui la suivent. On la rassure sur son look, son âge, ses goûts et la couleur de ses yeux – ils sont bleu turquoise. Par solidarité, les femmes aussi se dépêchent de soutenir une des leurs dans ce combat contre le temps dont jamais aucune n'est sortie gagnante.

La moisson d'encouragements et de connivence renforce la dépendance.

Le processus est identique chez Elena, qui est encore plus directe et lucide quant à son accoutumance :

– Twitter a bouleversé ma vie. Il m'a changée de l'intérieur. Crêpe ! je ne pourrai plus me passer de vous, mes fidèles.

Tous les jours, Elena demande l'avis de ses abonnés sur une myriade de questions du quotidien : faut-il acheter ces baskets New Balance à 3 990 roubles la paire (60 euros, c'est cher, mais c'est moitié prix) ? Le claquement que fait son robinet est-il normal ? Comment soigner une carie sans aller chez le dentiste ?... Et que penser de cette invitation à un concert de la part de ce vieux monsieur (vingt ans de plus qu'elle, à la louche), en manteau à carreaux (stylé mais vieux jeu), qui l'a abordée dans le tramway après avoir acheté son ticket?... Des questions importantes, parfois vitales, pour une femme vivant seule avec un salaire riquiqui. Un moyen de se sentir entourée, dépannée, protégée par le groupe.

Leur communauté est assez vaste : 1 500 personnes pour Svetlana, 6 000 pour Elena, chiffres qui seraient tout à fait honorables en France mais qu'il faut relativiser en Russie compte tenu de l'étendue du pays et de l'immense popularité (et respectabilité) qu'ont ici les réseaux sociaux depuis des années.

Quand je me connecte, vers 9 heures du matin, elles ont déjà vécu une bonne partie de leur journée, décalage horaire oblige. Il est 11 heures à Nijni Novgorod et 13 heures à Perm. Chacune a déjà posté entre deux et dix tweets ou commentaires.

Svetlana, en nous gratifiant d'une photo de sa tasse de café où nage un joli cœur en lait fouetté :

– Debout immense pays ! Que la journée soit bonne pour tous les patriotes ! L'automne arrive et avec lui la défaite de nos ennemis !

Elena, elle, a photographié une mémé, de dos, et son vieux cabas coincé sous le siège du tram :

– Je sens que je déprime. Croisé cette bonne femme qui me dit d'emblée, en entrant dans le wagon : « On a arrosé les oukropes[1], bien fait pour eux, les missiles dans leurs centrales électriques ! »

Elena aime tirer le portrait des gens qu'elle croise tout en respectant leur anonymat. Elle décentre son smartphone, coupe les visages, et l'on ne voit plus que des dos courbés sous de vieux manteaux gris, des boots trempés de neige fondue, des mains qui tiennent un bonnet tricoté de flocons

1. Terme péjoratif (littéralement aneth) que les Russes utilisent pour désigner les Ukrainiens.

bleus, des sacoches défoncées, posées sur les genoux, d'où dépassent des sachets remplis de patates et d'oignons. Parfois elle s'autorise une nuque ou une oreille. Toujours en délicatesse, Elena, même quand elle est révulsée par ce qu'elle entend.

Deux femmes qui se ressemblent physiquement, économiquement et socialement, pour deux ressentis du monde diamétralement opposés. Deux femmes qui ont l'indignation à fleur de peau, et qui ne se privent pas de s'enflammer.

Cet exercice de la libre parole n'a pas la même valeur toutefois, ni les mêmes implications. Tandis que Svetlana fait ses gammes en toute sécurité sur une rhétorique proche de celle du Kremlin (on en explorera les différences plus loin), Elena risque à tout moment de se faire dénoncer et verbaliser pour « discrédit des forces armées ». La loi fédérale n° 32-FZ du 4 mars 2022 stipule que sont passibles de poursuites pénales toutes les personnes « ayant contribué à la diffusion d'informations fausses sur l'emploi des forces armées par la Fédération de Russie ou ayant participé à des actions publiques visant à discréditer l'armée russe ». Le mot important ici est « publique ». Un réseau social c'est comme la rue, y déambuler avec le texte « Non à la guerre ! » constitue une infraction administrative passible d'une amende allant de 30 000 à 50 000 roubles (460 à 770 euros). Pour des faits « plus graves », la sanction peut aller jusqu'à dix ans de prison. Tout cela se juge en grande partie à la tête du client ; les personnes connues défavorablement des forces de l'ordre (anciens soutiens de Navalny, militants de la cause animale, citoyens impliqués dans la gestion sans corruption de leur ville, etc.) sont jugées au pénal et condamnées à de la prison ferme.

Pour Elena, le nombre de ses publications pouvant être classées comme antiguerre étant élevé (une à deux par jour depuis février 2022), on n'aura aucune difficulté à établir sa culpabilité.

Elena se rend compte qu'elle tweete sur la corde raide, et se retient comme elle peut. Quand elle laisse un commentaire sous un texte « patriote », elle utilise une forme de laconisme muselé où bouillonne l'envie d'en découdre :

– Mais oui.

– Ben voyons.

– LOL.

– Aga-ga, ga-ga-ga ! répond-elle à un type qui prétend que la guerre se déroule selon un plan parfaitement prévu par Poutine.

Elle pense être plus maligne que le système parce qu'elle connaît l'art de l'antiphrase.

Heureusement pour elle, Twitter est moins fliqué que d'autres plates-formes (le blocage de Roskomnadzor a du bon). Sa profession de préposée de tramway la protège aussi : elle n'est pas une cible prioritaire pour le régime. Mais dès qu'elle commet l'imprudence de s'épancher sur d'autres sites, les délateurs la repèrent :

– J'ai été sur Vkontakte car je suis malade et je m'ennuie. Résultat, une folle qui guettait mon arrivée s'est jetée sur moi en criant « Russophobe ! Russophobe ! ». Bon j'ai effacé et je me suis déconnectée.

Parfois elle prend peur :

– Ils vont finir par m'avoir à force que je leur casse les couilles.

Des sympathisants qui apprécient ses opinions, son verbe, sa façon de raconter sa vie dans un tramway l'avertissent régulièrement. « Attention, lui écrivent-ils. Là c'est limite. » Et ils ont raison. Parfois, quand elle en prend conscience, elle efface : « Ce tweet n'est plus disponible. » Puis, fatiguée :

– Ce que vous me rasez ! Je ne peux pas passer ma vie à effacer ce que j'écris.

Les écrivains trop exigeants envers eux-mêmes devraient en prendre de la graine.

Ce n'est pas qu'elle défend ainsi la liberté d'expression en prenant la pose et en recherchant le martyre. Elle ne prétend pas narguer le système. Elle ne crie pas non plus son opinion de citoyenne, comme le font les intrépides qui tiennent un piquet en solitaire avec une pancarte antiguerre. Ses raisons sont d'une spontanéité sans calcul. Elle éprouve tellement de plaisir à vivre l'instant présent, son tramway, ses rencontres fortuites, ses préoccupations du moment, que ça l'ennuierait de revenir dans le passé sur des milliers de publications pour en faire la censure. À quoi bon? Cette femme étrange se réjouit à chaque sonnerie de son radio-réveil. Elle le photographie, d'ailleurs, et le publie sur Twitter, c'est dire si c'est son ami. Le radio-réveil montre alors « 04:50 » ou « 04:32 » ou « 04:37 ». En avant! Une nouvelle journée commence. Cette forme d'insouciance (certains diraient d'inconscience) l'accompagne en permanence malgré la fatigue, les ennuis tant financiers que sentimentaux, et la déprime, qui n'est jamais loin. Elena est forte de son contentement à vivre, qui semble intarissable. Ce trait de sa personnalité est agaçant pour de nombreux Russes qui montent dans son tramway en tirant la gueule, et lui vaut de solides inimitiés de ses collègues.

Photographier son radio-réveil ? Voilà une idée qui ne viendrait pas à Svetlana. Autant Elena est amoureuse de son tramway (je n'exagère pas), autant Svetlana déteste l'école maternelle où elle travaille. Jamais aucune photo, et pratiquement aucun commentaire sur les enfants dont elle s'occupe. On dirait qu'ils n'existent pas. Elle dit :

– Je me lève à 4 h 45, plus une heure de transport, c'est pas une vie.

– J'aimais mon travail, au début.

– Toutes ces tâches administratives qui abrutissent !

– Ce matin, en sortant de chez moi à 5 h 15, j'ai croisé un couple qui rentrait d'une soirée. Ravis, heureux, bourrés. Ils n'ont pas à aller au travail et ils semblent si satisfaits d'eux-mêmes ! Purée, j'envie les ivres. Ils ont le bonheur.

Sa sincérité à détester la vie professionnelle rayonne presque autant que son « patriotisme ». À l'inverse d'Elena, qui goûte attentivement chaque minute de sa vie (qu'elle soit agréable ou pénible), Svetlana oscille entre le passé d'une Union soviétique fantasmée et ce futur triomphant où la Russie aura éliminé ses ennemis intérieurs et extérieurs, à commencer par l'Ukraine.

À certains moments, ses vociférations contre ceux qui critiquent la Russie ont la puissance d'un tuyau d'arrosage enragé qui asperge tout sur son passage, y compris celle qui le tient :

– À tous les mongoloïdes libéraux qui viennent me chercher en essayant de me prouver que vivre en Russie c'est comme vivre dans un trou du cul : vous rendez-vous seulement compte que c'est vous qui vivez dans un trou du cul plein de merde, et pas moi, car votre conscience est comparable à celle d'un ver solitaire. Votre intérieur est noir ; par ricochet votre perception du monde extérieur est noire aussi. Alors que moi, je vis dans le meilleur pays au monde !

On peut être dégoûté ou consterné, tant par le fond que par la vulgarité des termes employés (qui sont rares dans la bouche de Svetlana). On peut aussi en étudier les lignes de force à la lumière rasante de la guerre bien réelle pour voir s'ouvrir un passage vers le cœur du système : ce peuple qui soutient non seulement le régime mais un mode de vie où l'agressivité est une norme, le ressentiment – un devoir, la grandeur contrariée – une religion.

Explorer les endroits qui font peur, c'est aussi ça, voyager.

Vatnitsa

Quand on croise Svetlana sur les réseaux sociaux, la trempette patriotique est inévitable, et elle commence dès les quatre lignes de présentation qu'elle a rédigées dans sa bio Twitter à côté de sa jolie photo :

– Pour la Russie !

– Je suis une *vatnitsa*.

– La Russie est un empire, toujours !

– Libérastes, rampez au loin.

C'est limpide, assumé, revendiqué. On sent même une certaine jubilation. Car il y a une arrogance à se présenter en vatnitsa, féminin de *vatnik*, littéralement veste en coton matelassée. Le terme est péjoratif ; on en affuble les amoureux du régime en place, les conformistes batailleurs, les types qui ânonnent les narrations du Kremlin sans se poser de questions. Dans les milieux libéraux moscovites, dire de quelqu'un « C'est un vatnik ! » vous l'habille pour l'hiver : il est inutile de lui adresser la parole, il ne changera jamais d'avis, mieux vaut s'en tenir éloigné car un vatnik peut s'énerver, chercher la bagarre, appeler les autorités, dénoncer.

L'esprit du vatnik est engourdi ; il s'est construit une carapace d'ouate (*vata*, en russe) qui amortit et étouffe les arguments de la raison. On le suppose limité intellectuellement, sous-cultivé (surtout en histoire), enduit d'idéologie antioccidentale, empli de *fake news* qui se sont fossilisées en certitudes. L'étiquette vatnik coupe les ponts, dresse les murs, réduit la sociabilité. C'est un répulsif, comme une mauvaise odeur. Il peut paraître surprenant de l'agiter ainsi, comme le fait Svetlana, quand l'objectif est de faire des rencontres. Autant crier « J'ai une maladie vénérienne ! ».

C'est que, dans cette Russie qui s'est retournée petit à petit pour présenter au monde son visage le plus abject, les critères des jugements moraux et esthétiques ont changé, parfois du tout au tout. Le vatnik a subi une évolution parallèle à celle de la Russie dans son ensemble, devenant valorisant pour les « patriotes »[1].

À force de se faire appeler *vatniki* dans un contexte dépréciatif et d'être regardés

---

1. Le *vatnik*, en tant que substantif péjoratif désignant une personne, est apparu vers 2011 (pluriel *vatniki*, féminin *vatnitsa*). À l'origine, Vatnik était un personnage inspiré par Bob l'éponge, dessiné en forme de veste matelassée avec un œil au beurre noir et un nez rouge : il était alcoolique. Repris et amplifié sur les réseaux sociaux, il a fini par perdre sa majuscule pour devenir ce terme rabaissant, synonyme d'obéissance servile et de beaufitude.

de haut avec des moues condescendantes par les élites culturelles, les vatniki se sont approprié le dysphémisme, d'abord avec une certaine ironie, puis, comprenant que ce terme commençait à faire peur au « libéraste », avec une joie mauvaise.

Sans-culottes a suivi un schéma comparable : au départ, mépris de l'aristocratie et moqueries, puis appropriation, puis sacralisation.

Après tout, le vatnik a été un vêtement porté par des millions de Soviétiques, tant dans l'Armée rouge qu'au kolkhoze ou au goulag. Il est certes rustique, mais costaud, et se transmet de grand-père à petit-fils. Lourd comme une cuirasse, on s'y sent autant protégé qu'enfermé. On l'a vu au front pendant la Seconde Guerre mondiale, ce qui ne manque pas d'être rappelé par les « patriotes ». Dans le magazine militaire *Voennoe Obozrenie*, un article lui est consacré, où l'on apprend que « le vatnik est autant un symbole de la victoire contre le fascisme que le T-34 ou la Katioucha. » J'ai toujours chez moi, accroché au dos d'un fauteuil, le vatnik que mon père a porté pendant ses six années de travaux forcés. Un vêtement proche du peuple donc, sans fioritures à l'occidentale, conçu et produit en Union soviétique, au « bon vieux temps » – bref, il n'y a pas à en rougir ! Être vatnik, c'est valorisant, c'est avoir des convictions et être dans l'air du temps, et, dans le cas de Svetlana, c'est sexy.

Libéraste, l'autre terme qu'elle emploie dans son en-tête et qui lui sert à repousser ceux qu'elle ne veut pas croiser sur son chemin, ne fait pas dans la dentelle. Le substantif, on l'aura deviné, est une balourde juxtaposition de *libéral* et *pédéraste*, pour désigner tout ce qui, de près ou de loin, s'oppose au régime, et partant de là, englober toute l'Europe, patrie de Conchita Wurst et du mariage gay. Apparu vers 2013, le mot a rencontré un succès immédiat. On le retrouvait aussi bien dans les articles de Limonov, le fondateur du Parti national-bolchevik (nazbol), que dans les discours officiels de la nomenklatura régionale. Définition de libéraste sur le site « patriotique » Slovoborg : « Se dit de toute personne qui préconise la soumission totale au modèle occidental. Un libéraste est une espèce de libéral qui agit contre les intérêts de son pays. »

Nous sommes donc avertis : Svetlana est politiquement intolérante. Elle n'hésitera pas à bloquer tous ceux qui tiennent un discours qu'elle ne veut pas entendre. Elle est ardente dans l'expression des opinions qui lui tiennent à cœur, et ne tient pas à être contredite.

Le contraste entre sa dureté intérieure et la douceur de son beau visage est immense. Svetlana a de grands yeux verts tirant parfois sur le bleu turquoise (en fonction de l'éclairage), un nez en trompette, une tête parfaitement ovale aux pommettes hautes, une bouche qui fait la moue, des lèvres bien dessinées qu'elle maquille en rose intense sur une peau très blanche. Des sourcils sombres aux contours nets, presque coupants, et si parfaitement arqués qu'ils semblent faux. Mon amie Nathalie, à qui j'ai montré sa photo, a diagnostiqué un *microblading* :

– Ils ont été restructurés au salon de beauté. C'est une technique semi-permanente qui permet de contraster leur bord, d'où cette impression de mise en scène. Elle a fait ça à cause des yeux, pour les mettre en valeur, et elle a eu raison, ils sont beaux. Son nez est trop grand, en revanche, et regarde la taille des narines. Blonde naturelle, je dirais. Elle passe beaucoup de temps devant le miroir, ton *égérie*. Tu as raison, elle paraît plutôt facile à vivre, mais ce n'est peut-être qu'une illusion.

Redoutable Nathalie ! Objective, efficace, et franche avec ça. Je n'ai pas relevé sa manière d'appuyer *égérie*, rempli de sous-entendus. Pour Nathalie, qui a beaucoup vécu, un homme n'a qu'une seule manière de s'intéresser à une inconnue, surtout quand elle est blonde. Si Nathalie apprenait que, dans mon ordinateur, j'ai une demi-douzaine de photos de Svetlana et une seule d'Elena, elle extirperait de cette observation pas mal de circonvolutions cervicales – sans fondement, en vérité, car Elena, à l'inverse de Svetlana, est très avare de son image.

J'ai dû me promener longtemps dans ses archives Twitter et remonter à février 2021 pour en trouver une – on y voit Elena dans une cabine d'essayage vêtue d'un ample manteau rouge. Elle se photographie en pied dans le miroir et l'on découvre une petite femme malicieuse, un visage comme tracé au compas, un regard rieur, et une manière déconcertante de paraître parfaitement décontractée. Cette femme a fait du ballet, on dirait. Les six à huit heures qu'elle passe chaque jour dans son tramway ne se traduisent aucunement dans son maintien, le dos est droit, les jambes équilibrées, solidement plantées au sol. Le maquillage des yeux est abondant et sombre (« smokey eye »), ce qui contraste joliment avec sa chevelure blonde et lui donne un côté femme fatale. Malgré tous mes efforts, je ne parviens pas à deviner la couleur de ses yeux. Je pourrais demander à Nathalie de m'aider, mais je m'abstiens.

Revenons à Svetlana. À droite de sa frimousse, elle a choisi pour sa bannière Twitter un magnifique buisson débordant de roses. Qu'est-ce donc sinon une invitation à une vie agréable et pépère dans les bras d'une belle plante ? Une recherche rapide d'image me dit qu'elle a pris la photo sur Pinterest plutôt que dans la vie réelle – le climat de Nijni Novgorod ne convient pas vraiment aux fragiles rosiers. Ici, c'est bouleaux, pommiers sauvages, sapins et fleurs des champs.

Chaque jour, Svetlana publie une image de ce que serait pour elle une vie idéale : des bouquets de fleurs devant une fenêtre ensoleillée, une guirlande suspendue dans un jardin recouvert de neige épaisse fraîchement tombée, un tas de coussins « design » nonchalamment entassés sur des souches, un feu de cheminée aux morceaux de bois calibrés comme à la parade, un chat endormi dans un fauteuil en rotin, une grande tasse de chocolat chaud et sa jolie fumée – toute l'imagerie des boutiques de déco, tendance cocooning à la campagne, est bonne à prendre.

S'il fallait que Svetlana choisisse une devise, ce pourrait être cette phrase, que j'ai piochée sur le site du vendeur de meubles québécois Germain Larivière : « Profiter d'un confort douillet et simple, un moment chaleureux chez soi, que l'on passe en tête à tête avec sa douce moitié. » Svetlana connaît bien Germain Larivière, elle lui a emprunté la photo d'une véranda avec de grands poufs couverts de peaux de mouton qu'elle a publiée avec le commentaire : « Bonne nuit, camarades patriotes ! Que la nouvelle année vous apporte le bonheur ! »

Tant de câlineries, d'images positives de confort douillet, et, en même temps, une hargne dans l'expression de ses opinions politiques – l'alliage ne manque pas de surprendre. Tout comme l'apparition, aussi soudaine que discrète, du caractère spécial ☭ (faucille et marteau), qu'elle a placé à côté de son nom. On aurait dit un grain de beauté, invisible mais changeant tout. Pour ma part, je ne l'ai pas remarqué tout de suite.

Régulièrement, certains « camarades patriotes » tiquent cependant et lui laissent des remarques désobligeantes, en lui faisant remarquer que ☭ est une marque ringarde, ne cadrant pas avec son look de femme de son temps. Ce à quoi la belle s'énerve pour de bon :

– Si vous êtes à ce point limités et aigris, laissez-moi vous expliquer, j'ai accolé la faucille et le marteau à mon nom car c'est le symbole de ma PATRIE. Merveilleuse Patrie, que je ne renie pas, contrairement aux traîtres.

Svetlana doit avoir autour de quarante ans (« entre trente-six et quarante-deux », établit Nathalie), elle serait née au début des années 1980. Elle aurait eu environ dix ans à la dislocation de l'URSS. Que peut-elle dire de ce pays qu'elle n'a pas connu, à part que c'était le temps béni de son enfance ? Se rappelle-t-elle seulement que l'agonie de l'URSS s'est accompagnée en province d'une crise économique et alimentaire d'une telle ampleur qu'on a été obligé de distribuer des tickets de rationnement pour le sucre, les pâtes, la farine, le saucisson, le beurre, le savon ?

Pendant que Svetlana grandissait, sa « merveilleuse Patrie », embourbée dans la guerre en Afghanistan, condamnait sa population à une honteuse disette, emprisonnait les dissidents dans les asiles psychiatriques et au goulag, maintenait une cloche de plomb sur les pays d'Europe de l'Est. Sa négligence criminelle et son mépris de la vie humaine, inscrits dans ses gènes, faisaient exploser la centrale de Tchernobyl.

Svetlana s'en fiche. Rendez-lui son URSS, c'est tout ce qu'elle demande ! Peu importent les cadavres dont débordent caves et placards de son empire fantasmé.

Sa nostalgie universelle embarque tout dans ses bagages. À commencer par Félix Dzerjinski, le sadique illuminé, fondateur de la Tchéka. La célèbre statue du bourreau ascète, place de la Loubianka, devant le siège du KGB, a été démontée le 22 août 1991 – Svetlana s'en souvient, et, le 22 août 2022, publie ce cri du cœur :

– Rendez-le-nous ! Il y a très exactement trente et un ans, la foule beuglante et rendue ivre par le laxisme des autorités a sapé le monument à Félix de Fer[1] !

Elle se rappelle que Staline est né un 18 décembre, et Brejnev un 19 décembre – un jour d'écart, se rend-on seulement compte de l'étonnante coïncidence ? Pour l'occasion, elle trouve un beau cadeau à se faire :

– Les amis, visez ce calendrier mural avec Staline. Ça fait longtemps que je l'attendais, et il est en solde. Je recommande ce site, il y a plusieurs variantes[2]. Avec les frais de livraison, un calendrier à 500 roubles revient à 1 000 roubles [15 euros]. Pour moi, c'est beaucoup trop. Tant pis. Peut-être que mes infos seront utiles à quelqu'un.

---

1. « Félix de Fer » est le surnom que l'on a donné à Dzerjinski ; il est connu de tous les Russes.

2. Le site en question est ruszamir.ru.

Comme on lui fait remarquer que Staline c'est vingt millions de morts, au bas mot, elle a cette justification, où le relativisme atteint un degré de pureté absolu :

– Les répressions sont un instrument de gouvernement, employé partout, à plus ou moins grande échelle. Les répressions sont la norme. Sachez de plus qu'un certain pourcentage de victimes innocentes existe dans chaque pays. Cela étant établi, on se demande pourquoi Staline est appelé « tyran », et pourquoi on devrait avoir honte des grandioses réalisations de son époque en les éclipsant par le « goulag » et les « répressions ».

Faucille et marteau en bandoulière, Dzerjinski et Staline parmi les héros qu'elle vénère – notre Svetlana serait-elle communiste ?

Grands dieux, sûrement pas ! À aucun moment elle ne parle de collectivisation, de partage des ressources, de taxation des riches. Elle ne manifeste aucune jalousie de classe envers les oligarques qui ont pillé le pays – de fait, le thème de la justice sociale est totalement absent de ses préoccupations. La propriété privée est sacrée ; dans son système de coordonnées, on l'a vu, une table avec des photophores, une allée de jardin éclairée par une guirlande d'étoiles lumineuses, un pot-pourri à base d'écorces d'orange et de cannelle valent infiniment plus que la lutte contre les inégalités. Elle est respectueuse de toutes les fêtes religieuses, et, après avoir souhaité bon anniversaire à Staline et Brejnev, puis présenté ses meilleurs vœux pour le Nouvel An, elle publie une image de la Vierge à l'Enfant pour le Noël orthodoxe. Elle veut le retour de l'Union soviétique, pas de l'idéologie qui en était le socle. D'ailleurs, elle serait incapable de définir cette idéologie ou de citer ne serait-ce qu'un seul des mots d'ordre de Lénine. En revanche, quand on lui dit qu'il faudrait moins de rues

Lénine, ou qu'il serait temps de dégager son corps du mausolée, elle explose :

– Dans vos rêves, irresponsables parasites ! On commence par enlever Lénine, et c'est toute la vie que vous voulez emmener là où la bite sait.

La stabilité politique est une obsession. Surtout, que rien ne change ! Jamais ! Si les choses se mettaient à bouger, ce serait aussitôt la révolution de Maïdan, n'est-ce pas, ce tremblement de terre de 2014 en Ukraine, qui se termine par ce qu'on voit aujourd'hui – la guerre ! On aurait des hordes de terroristes partout ! Vous n'êtes pas un peu irresponsables, des fois ?

S'il y avait bien une raison de détester ces jeunes inconscients qui manifestaient en soutien à Navalny, c'était précisément parce qu'ils faisaient « tanguer la barque », comme on dit couramment en Russie, en associant métaphoriquement l'immense pays à une vulnérable chaloupe sur le point de chavirer.

On fait bien de les attraper et de les punir comme il se doit, sinon on coule ! Un an avant la guerre, Svetlana écrivait :

– Les peines qu'on leur inflige sont dérisoires, il faudrait sévir davantage contre ces tangueurs débiles. Il faut extirper le mal à la racine, pour l'exemple. Sinon, ce sera comme en Ukraine.

Ah ! si la Russie pouvait se fossiliser pour l'éternité dans son état actuel, avec Poutine sur le trône, les hordes de policiers antiémeute dans les rues, des vieux films cultes à la télé, et les fins limiers du FSB qui traquent les subversifs qui veulent le changement, ce serait le paradis !

On pourrait la comprendre si sa vie était emplie de myrrhe et bordée de dorures, mais comment expliquer une crispation sur un quotidien à 500 euros de revenus par mois ? Il y a la peur irrationnelle que les changements pourraient lui confisquer ces miettes de bien-être qu'elle a déjà – un emploi de fonctionnaire de la municipalité, un logement certes modeste mais dont elle est propriétaire – et, surtout, la priver de la sensation rassurante d'être du bon côté de la barrière en étant parfaitement alignée sur les pulsations du pouvoir en place. Svetlana a aussi sans doute cette intuition que, lorsque tout est figé pour mille ans, que les dirigeants ont toujours les mêmes têtes et les mêmes mots, année après année après année, c'est qu'on est précisément revenu en Union soviétique, dans la stagnation brejnévienne, quand la stabilité avait une dimension œcuménique. L'immobilisme, en tant que syndrome et charpente sous-jacente du soviétisme, fait rêver Svetlana.

L'obsession maladive des pages glorieuses de la Grande Guerre patriotique (c'est ainsi que les Russes appellent la Seconde Guerre mondiale qui s'est terminée pour eux par la Grande Victoire), monomanie dont la Russie souffrait depuis pas mal d'années, avec une rechute aiguë après 2014 et l'annexion de la Crimée, procède d'une alchimie identique : célébrer en rond toujours les mêmes totems, ad nauseam, pour avoir la sensation d'avoir arrêté le temps. Tout naturellement, à force d'être ressassée, cette mémoire a été purgée de tout ce qui aurait pu amoindrir le grandiose fait d'armes – le pacte germano-soviétique de 1939, le massacre ordonné par Staline des officiers polonais à Katyn, les bataillons disciplinaires de soldats soviétiques envoyés à la mort, les crimes de guerre commis par l'Armée rouge en Allemagne occupée, l'aide massive américaine fournie à l'URSS, etc. Ne reste que la Grande Victoire, pure, immaculée – la plupart des Russes se sont d'ailleurs persuadés qu'ils ont été les seuls à combattre Hitler, les autres pays, y compris l'Angleterre et les États-Unis, ayant été les alliés des nazis.

Pour Svetlana, tout ce qui touche à la Grande Victoire est sacré, y compris dans les détails :

– Une amie me raconte que, quand son avion allait atterrir à Saint-Pétersbourg, le pilote a annoncé : « Bienvenue dans la ville martyre, la ville héroïque de Saint-Pétersbourg, et son siège qui a duré neuf cents jours ! » Il aurait dû savoir que Saint-Pétersbourg est la ville des laquais qui mangent les croustillants petits pains français[1]. Léningrad, et Léningrad seulement, est la ville des héros !

Sa rage à célébrer le passé (et Lénine) jusque dans le nom d'une ville fait penser à ces vieux-croyants qui, au XVIIe siècle, se sont révoltés contre l'Église orthodoxe du patriarche Nikon parce qu'on leur demandait de faire le signe de croix avec

1. « Le croustillant des petits pains français » est une expression sarcastique qui désigne en Russie le supposé mode de vie bourgeois qui a été perdu par la faute de la révolution d'Octobre.

trois doigts au lieu de deux. L'archiprêtre Avvakoum[1], plutôt que de se soumettre, passe alors quatorze ans dans une cage à ciel ouvert, au pain et à l'eau, avant d'être exécuté. Pour Svetlana aussi, le symbole, le geste, la lettre sont plus importants que les faits ou la vérité qu'ils représentent. Quand elle apprend qu'en Lettonie on démonte une stèle célébrant les soldats soviétiques tombés pendant la Seconde Guerre mondiale, son sang ne fait qu'un tour :

– Dire que je vous déteste, ce n'est rien dire, ordures ! Porcs fascisants ! Vous êtes nés et vous êtes toujours en vie grâce à l'exploit du soldat soviétique. Mais vous ne perdez rien pour attendre… Les statues se vengent elles aussi.

J'en ai frissonné, j'en frissonne encore. Sa haine était réelle et la menace explicite :

---

1. Avvakoum Petrov (1620-1682), archiprêtre de la cathédrale de Kazan, brûlé vif pour hérésie et opposition au tsar Fiodor III Alekseïévitch.

après l'Ukraine, les vatniki iront s'occuper de la Lettonie et des autres pays Baltes. Puis… Puis ce sera mon tour. Moi, planqué derrière la frontière de la France, loin, très loin de la ligne de front, elle m'avait repéré par je ne sais quel sixième sens et préparé une formule magique destructrice, telle une sorcière surgie d'un récit de Gogol. J'ai eu nettement la sensation que son appel à la puissance maléfique capable d'animer les statues pourrait être entendu, et que, mû par l'énergie de sa foi titanesque, un grandiose guerrier de pierre se lèverait du sol, saisirait une massue, et irait buter les profanateurs jusque dans les bars branchouilles du canal Saint-Martin. Qu'on soit superstitieux ou pas, il n'est jamais rassurant de savoir qu'une femme, à l'autre bout du monde, plante des épingles dans une statuette imaginaire à notre effigie.

Tant de fanatisme et d'indignation à fleur de peau, et, en même temps, une voix différente des relais de propagande russes qui pullulent sur les réseaux : Svetlana utilise souvent des arguments de son cru pour partager ses convictions.

Plus surprenant encore, sa mécanique interne est moins binaire qu'elle n'y paraît ; elle se pose des questions et elle n'a pas peur d'étaler parfois des tourments intérieurs. Ainsi, sur Staline, elle confesse :

– Mon grand-père a fait la guerre, dont il est rentré invalide, et il aimait Staline. Il portait un Staline tatoué sur la poitrine et il avait accroché son portrait dans sa chambre. Le père de ma grand-mère, lui, a été déporté au milieu des années trente. Et les deux parents de sa mère, mes arrière-arrière-grands-parents donc, ont été dékoulakisés[1].

---

1. La dékoulakisation, ou lutte contre les koulaks (paysans propriétaires), est une campagne lancée par Staline en 1929 en parallèle à la collectivisation forcée des terres. Elle a fait 500 000 morts ; 4 millions de personnes ont été déportées.

Privés de tout, ils sont morts de faim. Ils étaient vieux.

Difficile d'être plus froide, rationnelle. C'est en toute connaissance de cause qu'elle a déclaré sa flamme à Staline et qu'elle le blanchit de ses crimes :

– Quand on a commencé à taper sur Staline, dans les années 1980-1990, mon grand-père l'a très mal vécu. Il disait toujours : « Ces exactions, ce n'est pas Staline, ce sont les fonctionnaires régionaux qui les ont commises. » Et je le crois.

La rengaine classique du tsar qui n'est pas au courant des méfaits de ses sujets (le bon tsar contre les méchants boyards) prouve néanmoins qu'une discussion a eu lieu dans la famille, et qu'une ombre de mauvaise conscience, transmise du grand-père à la petite-fille, accompagne l'adulation du tyran et pousse à lui chercher des justifications.

À un autre moment, après un échange sur les livres que l'on lit quand on a la grippe

(Svetlana est une grande dévoreuse de thrillers occidentaux, Dan Brown, Stieg Larsson, Harlan Coben...), et la réflexion d'un membre du groupe sur Conan Doyle « qui reste quand même une référence même s'il a écrit des âneries sur Lénine[1] », Svetlana a cette étrange remarque :

– Oui, certains écrivains sont immortels, et il ne faut pas avoir peur de le reconnaître. Savez-vous qu'à un plénum de l'Union des écrivains soviétiques, à la fin des années 1940, quand on attaquait Akhmatova et Zochtchenko, une poétesse très âgée, avec des problèmes d'ouïe, s'est levée et a dit : « Vous tous qui êtes là, vous allez crever

1. Il devait sans doute faire référence à l'insolite séance de spiritisme où Arthur Conan Doyle a reçu la visite de Lénine, comme le grand écrivain l'a raconté lui-même dans « Talk With the Ghost of Lenin », article paru en 1924 dans le *Daily Express*. L'esprit de Vladimir Ilitch a expliqué à Conan Doyle qu'il ne parvenait pas à quitter le monde physique à cause de ses méfaits, puis a transmis un message de paix au peuple anglais.

un jour et on vous oubliera dans l'instant, alors que ces deux-là on s'en rappellera toujours. Et maintenant, vous pouvez crier, je coupe mon appareil auditif ! »

Et moi qui croyais la connaître ! Je me suis pincé : ma vatnitsa a bien dit Akhmatova et Zochtchenko. Ces noms, qui ne parlent pas forcément à grand monde en dehors de la Russie, on dirait qu'elle les a sortis exprès pour moi. Car il se trouve que le terrifiant *Requiem* d'Anna Akhmatova, un des poèmes les plus glaçants jamais écrits, avait accompagné mon adolescence en me révélant à quel point le sentiment d'impuissance est un supplice. *Requiem* raconte l'attente interminable devant les portes de la prison centrale de Léningrad pour avoir des nouvelles d'un proche, d'un mari, d'un fils (c'est le cas d'Akhmatova) arrêté pendant les grandes purges de Staline et peut-être déjà déporté ou exécuté. Attendre dans la queue, face à un mur, parfois jusqu'à vingt heures d'affilée, pour s'entendre claquer, au guichet derrière les barreaux : « Aucune information aujourd'hui, revenez un autre jour. » Alors Akhmatova :

« J'ai appris comment tombent les visages,
Quand la peur sous les paupières voyage,
Comme en dures cunéiformes pages
La souffrance fait sur les joues naufrage,
Comment les chevelures cendre et noires
Tournent soudainement argenté blafard,

Un sourire flétrit les lèvres soumises,
Dans un rictus la crainte musardise.
Je ne prie pas que pour moi désormais,
Je prie pour tous ceux qui cette queue formaient,
Chaleur de juillet ou froid effrayant,
Sous le mur rouge muet et non voyant.[1] »

---

1. Extrait de *Requiem*, suite poétique d'Anna Akhmatova (1889-1966), composée entre 1935 et 1940, éditée pour la première fois en russe à Munich en 1964. Il a fallu attendre la perestroïka

Quant à Zochtchenko… Le virtuose de la phrase courte. Le grand maître de l'ironie froide, quand on ne sait pas si c'est du lard ou du cochon, si l'écrivain est au premier ou au deuxième degré, voire s'il est carrément parti à la dérive dans une autre dimension. Zochtchenko, qui fait dire à un singe échappé du zoo et confronté aux difficultés de la vie soviétique : « On respire mieux dans une cage. Il faut retourner au zoo dès que l'occasion se présente[1] ». Ou prenez ce début de récit pour les enfants : « Quand Lénine était petit, il n'avait peur de presque rien. C'est hardiment qu'il entrait dans une pièce toute sombre. Il ne pleurait pas quand on lui racontait une histoire

---

et 1987 pour que ce texte soit publié en URSS. [Traduction Iegor Gran.]

1. Dans *Aventures d'un singe*, Mikhaïl Zochtchenko (1894-1958). Ce récit pour enfants, publié en 1945, a valu à Zochtchenko un ostracisme d'État, le privant de moyens de subsistance jusqu'à la mort de Staline.

effrayante. D'ailleurs, il ne pleurait presque jamais[1]. » Enlevez Zochtchenko, et, soudain, le sinistre voile du quotidien soviétique perd cette luciole qui rendait la vie supportable. Zochtchenko, avec ce sourire en coin qui veut dire : il y a en moi un espace de liberté. Zochtchenko, l'antidote.

Ces deux-là, Akhmatova et Zochtchenko, en avaient bavé tout le long de leur périlleuse existence parmi les tchékistes et les ronds-de-cuir. Ils ne portaient pas le régime dans leur cœur, sans le claironner bien sûr sur les toits. Svetlana le sait. Elle les a peut-être un peu lus – avec la fin de l'URSS, Akhmatova est entrée au programme des lycées. De nombreuses nouvelles de Zochtchenko ont été adaptées au cinéma. De là à défendre leur talent publiquement, quand on est une groupie de Staline, il y a un pas vers la dissonance. Tout

1. *Récits sur Lénine*, 1939.

n'est pas perdu, me suis-je surpris à penser, un peu naïvement sans doute.

L'anecdote que rapporte Svetlana est fausse. Personne ne s'est jamais levé à un plénum de l'Union des écrivains soviétiques pour apostropher ainsi cet aréopage d'opportunistes, de moutons terrifiés et d'ordures. Au contraire. À partir de 1946 commence une campagne officielle de dénigrement et d'écrasement. La presse se déchaîne. Zochtchenko et Akhmatova sont exclus de l'Union des écrivains. Alors que Zochtchenko est un auteur à succès, peut-être un des plus aimés des années 1930, il disparaît totalement. On ne l'édite plus, son nom n'est plus mentionné dans aucun journal, comme s'il n'avait jamais existé.

La légende de la mamie poétesse qui défend les génies opprimés est apparue dans les méandres des réseaux sociaux. Pour en saisir toute l'idiotie sans même entrer dans l'analyse politique de ce qu'aurait signifié ce geste inouï d'insubordination du temps de Staline, il suffit de remarquer qu'il n'y avait pas d'appareils auditifs en URSS à la fin des années 1940[1].

Je suis resté longtemps devant la publication de Svetlana à me demander quelle mouche l'avait piquée.

Puis, à force d'écouter à sa porte, j'ai fini par comprendre ce qu'elle trouvait d'irrésistible dans son URSS chérie, en sus de sa stabilité d'iceberg. Ce n'était ni l'idéologie communiste ni l'organisation où tout était décidé à la place du citoyen, depuis l'appartement où l'on habitait, jusqu'à l'entreprise d'État où l'on travaillait. Ce n'était même pas le rayonnement culturel (ballets) et scienti-

---

1. Le premier appareil auditif soviétique, le « Cristal », un boîtier extérieur assez encombrant muni d'un amplificateur et d'une oreillette, est produit à partir de 1956 en quantité extrêmement limitée. Il faudra attendre le début des années 1970 pour que l'appareil auditif se démocratise un peu en URSS.

fique (conquête spatiale) qu'étalent habituellement les fans du régime. Ce n'était pas non plus le totalitarisme stalinien ou l'absolutisme vermoulu brejnévien, non, ce qui l'attirait avant tout, c'était un certain sens de l'honneur, une probité qu'elle supposait inhérente à l'homme soviétique et qu'elle idéalisait.

Droit, ayant le sens aigu de l'ordre et des civilités, l'homme soviétique est celui qui s'interpose systématiquement quand il voit deux gamins qui se disputent (ou des poètes malmenés). Loyal, il ne perd pas une occasion d'aider celui qui a besoin d'un coup de main – il répare la porte du voisin, fait la morale au cancre qui n'apprend pas sa leçon, se débrouille pour trouver le temps de faire du sport avec celui qui est en mauvaise forme. Il est sobre et économe. Ses plaisirs sont simples : aller à la pêche avec les copains, chanter en s'accompagnant d'une guitare, bricoler (si c'est un garçon), faire la cuisine, tricoter, jardiner, lire Tolstoï (si c'est une fille). Il a le sens du collectif – c'est lui qui a installé la balançoire pour les enfants, en bas de l'immeuble. Il est respectueux des anciens et des traditions. Son lit est toujours au carré, son armoire rangée, ses chaussures cirées, son verre à moitié plein. Il n'est jamais en retard, tout comme il est rarement mélancolique, de mauvaise humeur ou désœuvré – il n'en a pas le temps, il a tant de chantiers en cours ! S'il aime les bonnes blagues, il n'accepte pas l'humour noir. Il n'aime pas non plus les geignards, les tire-au-flanc, les débrouillards, les chanceux, les rêveurs, les pessimistes, les commerçants, les cigales, et, surtout, les contestataires, car ils veulent bousculer cet ordre des choses qui le rend si content de lui.

Ce type de conformiste positiviste, employé modèle, un brin niais mais ultra-fiable, se rencontre sous toutes les latitudes, en plus ou moins grande proportion. Indépendamment des idéologies à l'œuvre, le pouvoir, quel qu'il soit, peut toujours compter sur lui pour assurer la stabilité de sa gouvernance. Svetlana, elle, s'est persuadée que seule la civilisation soviétique a été capable de produire en quantité industrielle des hommes et des femmes aussi parfaits. Tout y contribuait selon elle : une éducation exigeante et de haut niveau dès le plus jeune âge (pas comme maintenant !), les activités parascolaires pléthoriques et bien organisées (ce foisonnement a disparu !), les étés autour des feux de camp chez les pionniers (quels souvenirs c'étaient !), l'absence de gadgets venus de l'Occident qui siphonnent l'âme en nous rendant dépendants (aujourd'hui les jeunes passent leur temps à faire des jeux débiles sur leur smartphone).

Un « c'était mieux avant » exacerbé, peuplé d'hommes droits et volontaires, a englouti l'esprit de cette femme de moins de quarante ans, qui parle d'un passé qu'elle n'a pas connu !

Svetlana est loin d'être seule : dans son groupe, ils sont une flopée à souffrir d'une démangeaison aiguë de nostalgie imaginaire. Marina, Sviat99, Troukhine, Roma Typograph, Ouralotchka, Elena-Rossia, Sarra, etc. Leur moyenne d'âge est de quarante-cinq ans, à la louche. Ensemble, ils salivent devant les recettes de cuisine à base de produits soviétiques. Ils idolâtrent des extraits de films des années 1970 où l'on aperçoit la vie quotidienne (idéalisée) de l'époque. Ils collectionnent et s'échangent de vieilles photos amateurs qu'ils ont retrouvées dans leurs albums de famille. Sur ces clichés noir et blanc, on voit des gens simples, pauvres et heureux, partager loisirs, pique-niques, fêtes foraines, dîners du Réveillon à la bonne franquette. Commence alors un minutieux débat où chacun y va de son hypothèse sur les plats que mangent les convives, la nature de la boîte de conserve ouverte qui trône au milieu de la table, la recette de la traditionnelle salade « Olivier », etc.

« Le hareng et les oignons, on n'en manquait jamais ! se pâme Elena-Rossia. Ça reste un plaisir des dieux : un bout de pain noir, un peu de beurre, là-dessus un filet de hareng, une tranche d'oignon, et hop ! un dé à coudre de *vodotchka* qu'on écrase avec le gosier ! » On dirait qu'elle n'a jamais rien mangé de meilleur. Elena-Rossia est bien plus jeune que Svetlana – pas besoin de Nathalie pour lui diagnostiquer trente ans maximum. Une jeune femme souriante qui passe son temps à se prendre en selfie devant les monuments de Saint-Pétersbourg où elle habite. Mais toujours en elle cet élastique invisible la ramène, jour après jour, à sa véritable raison d'être : retrouver les émois soviétiques. « Ici, dans les années 1980, on vendait de la glace au lait entier, à 19 kopecks. Sans aucun colorant ni conservateur ! »

Savva, lui, a déniché une rare photo de Gagarine où on voit ce héros national, l'homme soviétique le plus fêté de l'Histoire, pique-niquer avec sa femme dans une forêt en 1962... les fesses posées sur des seaux métalliques. La table est un cageot endommagé recouvert de plastique transparent qu'on a étalé au petit bonheur la chance. Le premier homme dans l'espace, vedette parmi les vedettes, s'empiffre, le coude levé, à même la marmite. Le photographe l'a saisi au moment ou il est penché en avant, une cuillère en pleine bouche. Une bouteille de vodka (la plus ordinaire qui soit) est plantée dans le sol, derrière la femme, qui reste en contrôle de la source d'ambroisie. Tant de rusticité, tant de bonhomie typiquement russe ! Le groupe s'enthousiasme : nos pères, nos grands-pères pique-niquaient exactement de la même manière ! La crème de l'élite et le citoyen ordinaire unis dans le dépouillement de la réalité soviétique, quand on manquait de tout ! Le sans-chichis parle tellement au cœur des Russes : voilà leur image du bonheur, et voici leur chevalier idéal – un homme simple qui ne fait pas le difficile, à condition qu'il y ait un cageot sous la main pour faire table et une bouteille de vodka. Est riche celui qui ne dédaigne pas s'asseoir sur un sceau ! Son monde spirituel fait fi de toutes les conventions et normes esthétiques compliquées !

Le retour à ces temps frustes où les chevaliers peuplaient la Terre des Soviets est une composante essentielle de ce que Svetlana appelle le « Monde Russe » (elle y met des majuscules). Son utopie est évidemment en contradiction, souvent flagrante, avec ce qu'elle voit de la Russie d'aujourd'hui : il n'y a aucune simplicité dans la richesse pharaonique des oligarques et des fonctionnaires corrompus. Jamais le maire de sa ville, Nijni Novgorod, n'irait pique-niquer sur un cageot, Svetlana le sait bien. Alors, loin de gober tout ce qui coule du poste de télévision, Svetlana a des soupçons sur la sincérité de la propagande :

– Peuple ! Dis-moi ! Vous êtes réellement en extase devant Soloviev et Simonian ? Et vous ne remarquez rien ?... Ils seront les premiers à retourner leur veste si l'opération militaire échoue. Ils passent leur temps à discréditer (en douce) toutes nos idées positives autour du Monde Russe. Comme c'est fait en finesse, c'est encore plus lâche !

Qualifier le propagandiste Soloviev de « fin » ne manque pas de sel quand on sait avec quels *fakes* et hystéries nucléaires il fabrique ses émissions, mais Svetlana se contrefiche du fond, ce qui la chagrine c'est la forme, cette rhétorique qui, par sa lourdeur et sa bellicosité, « discrédite » sa vision d'un Monde Russe idéal. Une haine de l'Ukraine affichée trop ouvertement, la joie mauvaise qui accompagne les bombardements des infrastructures civiles, les grossièretés dont déborde la télévision officielle ne sont pas la tasse de thé de Svetlana – ce n'est pas ainsi que se comporterait un chevalier soviétique, voyons ! La Russie doit certes régner sur l'Ukraine (et ailleurs) mais pas au prix de déclarations insultantes et de pitreries !

La réalité de la guerre (et des crimes qui vont avec) viendra sérieusement lézarder l'idyllique Monde Russe ; on verra alors Svetlana mettre en place des stratégies d'évitement et de déni – on y reviendra plus loin.

Quoiqu'il en soit, quand le questionnement devient trop délicat et les contradictions trop flagrantes, Svetlana part se ressourcer à sa fontaine de jouvence – la nostalgie d'une Union soviétique imaginaire –, et ça va tout de suite mieux.

– Assez parlé de la guerre ! La mission du week-end : parvenir à fabriquer avec du sucre brûlé les bonbons caramélisés de mon enfance, vous vous souvenez ? Les coqs-sucettes ? Ils ne coûtaient que quelques kopecks. On pouvait aussi en faire soi-même en versant le sucre fondu dans un moule… Celui qui ne se souvient pas de son enfance ne mérite pas de vivre.

On se demande alors si elle blague ou pas.

La chair du peuple

Sur une chose essentielle, elles avaient été d'accord – la Crimée.

En 2014, quand Poutine avait annexé la divine péninsule sans rencontrer de résistance, Elena et Svetlana avaient fait la fête. Après ce « retour au port natal », comme on disait alors, les Russes étaient heureux comme des garnements qui auraient chipé un *Playboy* chez un marchand de journaux sans même avoir à se cacher. L'Ukraine n'avait rien vu venir, l'Occident encore moins. Svetlana et Elena non plus.

Svetlana était abasourdie de joie. À l'époque, elle ne travaillait pas encore à l'école maternelle. Elle s'essayait dans le commerce, en « entrepreneur individuel » – eh oui, ce statut existe aussi en Russie. Elle était inscrite dans le registre des sociétés, à Nijni Novgorod, pour vendre des « articles de tourisme », des « marchandises issues de l'artisanat local » et, curieusement, des « objets pour la décoration des tombes et des cimetières ». J'ai retrouvé son nom dans une vieille base de données ; Svetlana Olegovna Belevitch cesserait son activité commerciale sans avoir fait fortune, peu après les événements de Maïdan et le changement de pouvoir à Kyiv.

En réalité, avant 2014, comme l'écrasante majorité des Russes, Svetlana n'y pensait plus du tout, à la Crimée, sous son aspect de morceau de terre sacrée qu'il faudrait reprendre. Si elle regrettait amèrement l'implosion de l'URSS et détestait Gorbatchev et Eltsine qui avaient rendu possible cette forfaiture, elle s'était fait une raison depuis longtemps – d'ailleurs personne ne l'empêchait de s'y rendre en vacances (ce qu'elle avait fait plusieurs fois). Ce n'était pas loin de Nijni et le coût du séjour restait modeste. Son bon plan : colouer à plusieurs une petite maison près d'Alouchta.

L'appartenance de la Crimée à l'Ukraine était un non-sujet. Elle était supposée acquise par la quasi-totalité de la classe politique russe, y compris par Poutine, qui s'était exprimé de manière parfaitement limpide sur la question[1]. Seul Vladimir Jirinovski, le pénible clown de l'ultradroite, osait parfois des grognements provocants, comme pour mieux souligner

---

1. Ainsi, dans une interview à la chaîne allemande ARD, en 2008, Poutine déclare, souriant et détendu : « La Russie a reconnu les frontières de l'Ukraine depuis longtemps. La Crimée n'est pas un territoire contesté. »

la ligne modérée de son maître, Poutine. Et Limonov, le toxique nazbol, que le Kremlin fourrait régulièrement en prison à cause de son franc-parler nationaliste.

Soudain, ce cadeau du ciel ! La Crimée ! Brusquement on s'est souvenu : mais oui, on avait autrefois une Crimée, prunelle de nos yeux, moelle de nos os, et maintenant elle est à nous de nouveau ! Ce rêve surprenant et merveilleux ! « Une injustice a été réparée », me disaient à l'époque les Russes que je croisais, y compris, souvent, ceux de l'opposition. Leurs yeux brillaient, leur humeur étincelait, on venait de leur faire un shoot d'endorphine. Comme une cure de jouvence, comme une revanche sur toutes les frustrations personnelles que la vie leur a fait subir depuis 1991, la Crimée !

Avant la Crimée, Svetlana avait un avis mitigé sur Poutine. Si elle appréciait la virilité affichée du personnage et la stabilité de granit que les forces de police faisaient régner en tapant sur les écervelés « libérastes », elle lui reprochait ses connivences avec l'oligarchie. Elle avait du mal à fermer les yeux sur les fastes de l'élite claquant des montagnes d'argent en Occident. Parfois, quand elle s'oubliait, elle se plaignait aussi de l'état pathétique des services publics et des routes, ainsi que de la minuscule retraite de sa mère. Avec la Crimée magique, du jour au lendemain, toutes ces broutilles passent aux oubliettes. La « grandeur » retrouvée de la Russie compense largement l'inconvénient d'habiter un pays mafieux et arriéré. Avec la Crimée en poche, elle a maintenant un but dans la vie, une quête mystique même, récupérer d'autres bouts d'Ukraine. Elle se souvient soudain qu'elle a un quart de sang ukrainien. Elle a passé une partie de son enfance à Dnipro !

– L'Ukraine me manque tellement, cette chère Ukraine natale, où j'ai vécu mon enfance. Ces Ukrainiens, avec leur hospitalité et leurs ruses naïves. La cerise que l'on cueille directement sur l'arbre. Et le mûrier ! Mmm !… Avez-vous déjà mangé des mûres ? Les blanches, les roses, les noires ? Les chansons ukrainiennes et les fêtes autour d'une grande table, j'y pense souvent.

La Crimée n'a fait qu'exciter son appétit. C'est maintenant le reste de l'Ukraine qu'il lui faut ! Son doudou à elle, l'Ukraine ! Ça tombe bien : avec l'aide des Russes, le Donbass commence à pourrir, puis se fige dans les accords de Minsk. Les huit années suivantes seront pour Svetlana une interminable attente. Pourquoi n'allons-nous pas plus loin ? Il faut les mater, ces Ukrainiens ! Ils ont déjà un genou à terre, c'est le moment de les écraser définitivement et de récupérer ce qui est à nous ! Soutenons les séparatistes ouvertement ! Faisons rouler nos chars vers Kiev ! Sa démangeaison de conquête est inextinguible. Rétrospectivement, quand on sait comment s'est déroulée la désastreuse campagne militaire de 2022, elle n'avait pas tort de vouloir profiter immédiatement de l'avantage dynamique que les Russes avaient en 2014. Au passage, il y a de quoi rire : une banale assistante d'école maternelle a été plus clairvoyante que Poutine et son essaim d'espions du FSB.

En 2021, comme elle ne voit toujours rien venir, elle s'exaspère :

– Poutine !! Tu es censé être un Commandeur ! Tu es de la caste des Rois ! Pourquoi te soumets-tu à ces boutiquiers, crêpe ! Pourquoi échanges-tu la vie des Russes du Donbass contre la possibilité de faire du commerce avec l'Occident ? Ces populations avaient cru en toi en 2014. Ils pensaient que notre fameuse devise « les Russes n'abandonnent pas les leurs » n'était pas du chiqué !

À chaque nouvelle escarmouche dans le Donbass, que la propagande du Kremlin transforme en un « bombardement des civils par les bandéristes et les nazis », la température de Svetlana monte d'un cran :

– On va accepter de se faire marcher sur la tronche encore longtemps ?

– On nous disait qu'il y avait des « lignes rouges ». Où sont-elles ?

– J'espère que le Commandant suprême sait ce qu'il fait à attendre de la sorte. Crêpe ! Je commence à douter.

Pendant huit longues années, elle s'est monté le bourrichon. Son agacement grandissait contre un pouvoir qui promettait beaucoup de choses grandioses mais semblait ne jamais vouloir aller jusqu'au bout. Ainsi, en gâtant les vatniki avec la divine surprise de la Crimée, Poutine s'était assuré une formidable poussée d'amour populaire qui, insidieusement, chez ses fans les plus absolus, était en train de se transformer en déception. C'est l'histoire du fiancé qui fait la surprise d'un magnifique diadème à sa promise, puis, année après année, noie le poisson en s'arrangeant pour repousser le mariage. Combien de temps avant que la frustration ne devienne aigreur puis colère ?

À la même époque, à mille kilomètres à l'est de Svetlana, Elena suit un schéma de désenchantement comparable, provoqué cependant par des arguments contraires. Son désamour du pouvoir l'entraînera en zone interdite, et aura des conséquences radicales sur sa vie.

Pourtant, au moment de l'annexion de la Crimée, Elena est aussi estomaquée que Svetlana. Autour d'elle, à Perm, ses voisins, ses copines sont euphoriques. Dans son tramway, les usagers sont exaltés ; de sinistres et hostiles, ils sont devenus joyeux, et parfois même polis. Il y en a qui se mettent à chanter ! Elena entre alors dans le tourbillon davantage par plaisir de voir des gens heureux autour d'elle que par « patriotisme ». Elle veut « en être » – cette femme extravertie éprouve une souffrance physique à rester seule. L'été de l'année 2014 se passe dans la même ambiance. Chaque soir on porte des toasts à la nouvelle région, à « nos troupes aéroportées » et à Poutine, bien sûr, le « réunificateur des terres russes ». La maladie s'appelle le *krym-nachisme*, ou exaltation patriotique autour de la Crimée – en russe, *Krym nach* voulant dire « la Crimée est à nous ».

Les premiers doutes surviennent quand, par curiosité, elle s'aventure sur un blog tenu par une habitante de Donetsk – elle découvre alors comment cette ville, qui a accueilli la demi-finale de foot de l'Euro 2012, se gangrène sous la coupe de ses nouveaux maîtres hétéroclites, mélange de parrains, d'illuminés de la gâchette, de gradés du FSB. Elle voit comment l'abandon et le délabrement gagnent les infrastructures urbaines, dont le réseau de tramway – elle s'y connaît. Elle se fait peur avec les têtes patibulaires des nouveaux « héros » séparatistes : Arsen Pavlov, dit Motorola, épouvantail à la barbichette roux pisseux et aux dents marron, Mikhaïl Tolstykh, dit Guivi, le sadique qui se vante de faire manger leurs épaulettes aux prisonniers ukrainiens avant de les exécuter, et Alexandre Zakhartchenko, le boss de l'autoproclamée République populaire de Donetsk – les trois se feront exploser dans des attentats jamais revendiqués, jamais élucidés, ressemblant à des règlements de comptes entre mafieux.

Elle commence alors à fréquenter d'autres blogs ukrainiens, ceux qui sont en russe, la seule langue qu'elle connaît. Ce n'est pas qu'Elena voudrait, dans une sorte de quête personnelle de la vérité, débusquer les faits escamotés par la propagande du Kremlin. Peu de Russes ont envie de prendre conscience qu'ils sont *ipso facto* complices des crimes de guerre en série qu'on commet en leur nom, sous leur drapeau, avec leurs impôts et le sang de leurs concitoyens. Elena est comme les autres : elle ne juge pas les Russes et ne cherche pas les fautifs, mais elle *compatit*, et c'est déjà beaucoup.

Le moteur d'Elena est cet étrange besoin qu'elle a de se mettre dans la tête des gens qui l'entourent. Elle le fait en permanence dans son tramway quand un passager lui demande (en douce) si elle veut bien fermer les yeux car il n'a pas d'argent pour acheter un ticket[1]. Ce peut être une étudiante, un retraité, un poivrot, un clochard… Tous les jours on sollicite sa clémence. Si la personne lui paraît sympathique, si la demande est faite poliment et qu'il n'y a pas de contrôleur dans les parages, Elena

1. En Russie, on achète son ticket auprès d'un agent quand on monte dans le tramway, comme c'était le cas dans les bus londoniens avant l'introduction des cartes magnétiques. Cet agent n'a pas le pouvoir de verbaliser les contrevenants, mais il peut faire arrêter le tramway et demander à une personne de descendre.

accepte par principe, puis partage sa bonne action sur Twitter, l'accompagnant d'une photo discrète où l'on voit les jambes, les chaussures, le dos ou le cabas du resquilleur (jamais son visage) :

– Cet homme a oublié son portefeuille à la maison. On le laisse voyager gratis, hein ?

– Ce matin, un groupe... Un peu éméchés. Ils en rigolent : on n'a pas d'argent. Oui, nous sommes alcoolos, oui, nous avons foutu notre vie là où la bite sait, sans travail, sans femme, on veut bien faire deux stations et sortir sans faire de bruit... Bon je vais pas leur faire la morale, c'est pas mon rôle, hein. S'ils veulent tricher, qu'ils trichent.

– « Ça ne vous dérange pas trop si je fais une station, une seule, sans payer ? » Allez, c'est bon, mon pépère, en voiture !

– Le lundi est une journée dure, très dure : visez-moi çui-là [elle joint une photo d'un gros bide affalé, dans un T-shirt gris, marqué « URSS » en rouge]. Il n'a même pas la force de sortir son portefeuille. « Groaar-groaar », il fait. Il dort. Je le laisse dormir.

– Ne rigolez pas : un garçon me tend 20 roubles [le tarif normal est de 30 roubles]. « C'est juste pour un arrêt, je peux ? » J'ai hoché la tête : vas-y bonhomme. Il en a fait trois ! Je crois que je me suis fait arnaquer, non ?

Elle a l'empathie spontanée pour ces miettes de la nation que son tramway rassemble le temps d'un trajet. Elle s'amuse à deviner : celle-ci est prof de musique (elle a des partitions dans son sac), celui-là a mal aux dents (il descend à la station « Chaussée des Cosmonautes », à la polyclinique, là où officie le dentiste le moins cher de Perm). Les gens le sentent d'ailleurs qu'elle est disponible et serviable, on lui demande spontanément des conseils, un renseignement. Où peut-on acheter des graines pour les oiseaux ? Des pièces de rechange pour un robot de cuisine ? Un transfo 12V ? Ne saurait-elle pas qui pourrait être intéressé par les vieux vêtements qui restent après le décès d'une mamie ? Entre deux stations, une étudiante lui demande de l'aider à choisir un pull qu'elle a vu sur internet, une autre déballe des jouets qu'elle va offrir à son neveu.

Après avoir discuté avec des Ukrainiens russophones et fait un voyage virtuel dans le Donbass, Elena voit son « patriotisme » piquer du nez. Commence une lente guérison du krym-nachisme, qui prendra plusieurs années. Le combat politique ne l'intéresse pas pour autant, elle se tient éloignée des sympathisants de Navalny, dont le discours, centré sur la lutte contre la corruption, lui semble hors-sol par rapport aux préoccupations des gens ordinaires – le montant des retraites, l'accès aux soins, le pouvoir d'achat.

Elena se sert de Vkontakte tant que les mailles de la censure et de la délation restent molles sur cette plate-forme qui collabore depuis longtemps avec les organes de répression. En septembre 2019, devant le resserrement des boulons, elle ouvre un compte Twitter, commence à suivre du coin de l'œil les publications pleines de bonne humeur antipoutinienne sur des comptes parodiques des saltimbanques comme NurembergProcess, VovaNovichok, MoustachesDePeskov ou d'autres anonymes, à l'esprit vif, au verbe enlevé, qui se moquent des inepties culturelles et historiques inventées par le Kremlin pour justifier ses rêves de grandeur. Elle dira plus tard :

– Si je suis maintenant sortie de la secte des vatniki, c'est grâce à ce putain de Twitter ! C'est lui le fautif, de sa race ! Je vous aime tous !

– Sérieux, je ne pige pas comment on peut rester sur Twitter et ne pas devenir plus clairvoyant, pour finir par abandonner ses réflexes de vatnik. Pourquoi ces gens ne changent pas alors que moi si ? Qu'ont-ils en moins ?

C'est simple, Elena : ils ont perdu la faculté de célébrer la dignité humaine. Contrairement à eux, tu ne t'es pas laissé endurcir par toutes les années de vaches maigres et de violence quotidienne qui est le lot de tant de Russes, surtout en province. Tu n'as jamais classé les gens en forts et en faibles, avec les forts aux commandes et les faibles soumis, disponibles pour toutes les humiliations. Tu ne te caches pas dans un passé fantasmé, fait d'héroïsme abstrait, agrégat de destins tragiques et d'incommensurables souffrances. Tu as trop à faire dans le présent, où d'instinct tu cherches des preuves d'humanité dans cet inconnu qui t'achète un ticket.

Un « patriote » dirait de toi que tu es malingre et sotte. Moi, je t'assure que tu es précieuse.

Perdre sa coquille de vatnik et renaître dans la peau d'une personne sensible aux autres n'est pas évident. Elena confesse volontiers que son chemin a été laborieux :

– À l'automne 2021, j'étais encore, comment dire, une demi-vatnitsa. Genre j'ai pitié du Donbass, mais seule la bite sait ce qui s'y passe réellement, genre les torts sont partagés et c'est compliqué.

Le point de non-retour est le 24 février. Ce jour-là, elle ne photographie ni son réveil, ni son tramway – son premier tweet sonne comme un coup de clairon :

– J'éprouve une aversion profonde pour ce monde russe qui s'arroge le droit de bombarder et tuer.

Soudain tout devient limpide.

– Nous sommes des monstres. Le monde entier dit de nous : fascistes !

Vient aussi le sentiment de culpabilité :

– Je ne sais pas comment c'est pour vous, mais moi j'ai honte, non pas d'être russe, non, mais pour la guerre, c'est une véritable douleur que je ressens. Les Ukrainiens ne s'attendaient pas à une telle lâcheté de notre part. On est tous fautifs.

Quelle déchéance ! Quel écœurement ! Elle est où votre fameuse « fraternité des peuples » ? Votre « meilleur système éducatif au monde » ? Votre « nation qui lit le plus de livres » ? Des contes pour enfants. Un mythe creux.

Puis elle regarde autour d'elle, effarée :

– Crêpe ! Je ne comprends pas ce qui se passe. Il y a une explosion de joie sur les réseaux sociaux des vatniki. J'ai envie de frapper.

Le même jour, à 8 heures du matin, Svetlana, la vatnitsa, triomphe :

– Hourra, camarades !

Elle ajoute, provocante :

– J'ai l'impression que je risque de perdre des amis à cause de cette joie que j'éprouve et que je ne peux retenir. Bon débarras alors ! Hourra, camarades !

Un peu plus tard, dans l'après-midi, visiblement pour se rassurer et être raccord avec son idéal :

– On ne bombarde que les bases militaires et les stocks de munitions. Jamais les villes. Jamais les civils. Je le répète à une amie qui habite dans l'immeuble en face – et elle, elle me crie dessus. Bref, on s'est disputées sérieux.

La première journée de guerre pour Svetlana se termine par un appel à l'unité :

– Par temps de guerre, on n'a pas le droit de dire du mal des siens même s'ils ont tort. Après la guerre viendra le temps du jugement, des corrections. Pour le moment, les nôtres c'est les nôtres, ils sont toujours meilleurs que ceux qui nous sont étrangers. Si tu n'es pas d'accord, pas de problème : va vivre chez les étrangers.

Ainsi la discussion est close.

Deux semaines plus tard, elle avoue, un brin penaude, à sa communauté de vatniki surexcités par la guerre :

– J'ai une personne dans ma famille qui voit les événements dans un miroir déformant, elle ne capte pas la réalité, elle accuse la Russie de je ne sais quoi. Je l'aime pourtant mais impossible de discuter avec elle, c'est très décevant. Elle n'était absolument pas politisée avant, même si elle regardait des émissions libérales sur YouTube, voulait que la Russie devienne « un État de droit » et que le « régime de Poutine » se termine. Crêpe ! Mais d'où ? D'où avait-elle autant de caca dans la tête ? J'ai essayé de trouver un moyen de coexister. On vient de se disputer en diarrhée.

Une tante en Ukraine lui envoie des reportages sur les destructions d'immeubles qui commencent à faire tache. Svetlana :

– Elle veut me « soigner » avec ses vidéos YouTube, pour que « j'ouvre les yeux ». Comme c'est petit et pathétique. Comme si elle pensait me faire changer d'avis avec ses bricolages, que je ne regarde même pas car je sais ce qu'il y a dedans – mensonges et désinformations.

Il y a donc des disputes, et, sans doute, des ruptures. Loin de traumatiser Svetlana, elles renforcent sa vision binaire du monde. La foi, quand elle est véritable, demande des sacrifices, et Svetlana y consent avec abnégation et une certaine joie morbide – celle du yakuza qui se tranche une phalange pour montrer sa dévotion. En se coupant de ceux de son entourage qui sont opposés à la guerre, elle accomplit le même rituel sacré. Ce n'est donc pas une surprise si, un mois après le début de la guerre, elle se livre à un monologue militariste, dont la logique singe, sans le vouloir, les oxymores de *1984* :

– Je les hais, je hais ces pacifistes hypocrites qui ont sorti leur tête du marécage pour se mettre à brailler « Non à la guerre ! ». Vous êtes, oui, vous, les complices de la destruction silencieuse de ma Patrie, vous avez perverti la notion même de « pacifisme ». Vous savez quoi ? Je suis, moi aussi, contre la guerre, et c'est pourquoi je soutiens l'opération militaire spéciale. D'ailleurs on ne tue pas les civils. Quant aux militaires, on leur propose de déposer les armes pour que personne ne soit blessé. Qu'attendent-ils ?

Une fois les ponts coupés et digérés, ça va mieux. Les nouvelles du front lui semblent bonnes. Même si l'armée russe abandonne l'idée de prendre Kyiv en quelques jours et recule, un gros bout de territoire a été conquis autour de Kherson, Melitopol, Kharkiv. Svetlana est optimiste. Elle devient magnanime :

– Nombreux sont ceux qui ne comprennent pas que se moquer des khokhols, vouloir leur mort, se réjouir de leurs malheurs, savourer les peines de l'ennemi sont précisément les symptômes d'une maladie qui a contaminé l'Ukraine. On ne doit surtout pas devenir comme eux !

Ne cadrant pas avec l'image chevaleresque qu'elle se fait du soldat soviétique, les massacres de Boutcha, la destruction de Marioupol et les autres crimes de guerre sont soit ignorés, soit relativisés avec la phrase réflexe devenue un standard en Russie : « Et le Donbass alors, que les Ukrainiens ont bombardé pendant huit ans[1] ? » Cette trouvaille de la propagande poutinienne, devenue un cliché du whataboutisme russe, a trouvé en Svetlana une terre fertile – elle la brandit systématiquement dès qu'elle se sent en difficulté.

– Que faisiez-vous pendant huit ans, pendant qu'on massacrait le Donbass ?

1. La phrase fait référence à la période 2014-2022, où la guerre entre forces séparatistes prorusses et ukrainiennes a fait 3 400 victimes civiles (selon le rapport de l'ONU), la plupart en 2014. Sans même entrer dans le calcul sordide de qui a tué qui, il suffit de remarquer que si la Russie n'avait pas directement provoqué la guerre via l'intervention de ses agents (dont le tristement célèbre Igor Guirkine-Strelkov, responsable de l'abattage du vol MH17 et condamné par contumace à la prison à perpétuité aux Pays-Bas), aucune victime civile n'aurait été à déplorer.

– Les habitants du Donbass sont sans doute pour vous des ploucs de seconde zone !

– Dites ça aux enfants du Donbass !

Exactement ce qu'entend Elena dans son tramway. Quand elle essaie (prudemment) d'évoquer « les événements d'Ukraine », elle constate, effarée, qu'elle est terriblement isolée.

– Je suis sidérée. Personne, personne pour exprimer le moindre doute. Des gens tout simples lancent des menaces : « On va prendre Kiev ! Et Varsovie ! » Quand je leur demande mais pour quoi faire, crêpe ! Pourquoi avez-vous besoin de Kiev ? Qu'y avez-vous perdu ? Et Varsovie ? Ils font meuh, meuh. Et la rengaine des huit ans Donbass-Bombass.

Et il n'y a pas que le tramway :

– Au marché, ce matin, des babouchkas discutent entre elles. « J'me demande bien ce que ces ukro-nazis sont en train de conspirer contre nous. » Au premier degré. Et ça discute, et ça jacasse. J'en suis le cul par terre. Allô ? Les ukro-nazis ? Vous m'entendez ? Avouez immédiatement, que leur voulez-vous à nos babouchkas de Perm ?... Je me sens mal physiquement après ces conversations. Le marchand de patates : « Les affaires c'est pas top en ce moment. Mais dès qu'on vaincra l'Ukraine, grâce à Poutine, ça sera le nirvana. Je vous mets un kilo ou deux ? – Vends-les à Poutine ! », je n'ai pas pu m'empêcher.

Une chance pour elle, en ce début de printemps, Elena est moins présente dans son tramway – elle a commencé un stage pour devenir conductrice. Si elle y parvient, le salaire sera franchement meilleur, de l'ordre de 50 000 roubles (770 euros), pour moins d'heures de travail. Pour passer l'examen, il y a pas mal d'aspects techniques à connaître : que faire en cas de déraillement, de blocage des roues, de plombs qui sautent, de surtension sur le réseau, de chaussée inondée, etc. L'armoire électrique de commande est un casse-tête, d'autant que les systèmes relativement modernes se mélangent avec de vieux bricolages datant des années 1970 « qui marchent encore très bien à condition de ne pas y toucher ». Son énergie passe à réviser le code de la route et à apprendre la doc absconse et épaisse comme un dictionnaire.

Un mois et demi de préparation, cinq jours d'examen en conduite réelle. Et une grosse déception à l'arrivée. Sur une trentaine de compétences jugées, elle n'a obtenu que des « passable-médiocre »[1]. Elle doit retourner à son poste habituel. La machine à billets. Le sac lourd, plein de petite monnaie. Le siège perpendiculaire à la marche qui lui est réservé. Au moins, elle ne per-

1. En Russie, les notes vont de 1 sur 5 à 5 sur 5. Un 1 ou un 2 sur 5 signifient « catastrophique », un 3 sur 5 est un « passable-médiocre », un 4 est « bon, correct », et un 5 veut dire « excellent ».

dra pas le contact avec les gens, se dit-elle. Derrière sa vitre, le conducteur est isolé, lui, coupé du peuple. Pour certains, c'est un avantage. Pas pour Elena :

– J'aime mes gentils passagers. Je m'approche de chacun et je fais doucement : « Alors on veut bien payer son transport ? » En vingt ans de métier, pas une seule insulte ! Je ne sais pas où les autres vendeuses prennent leurs passagers, moi, je n'ai que des gentils, même s'ils ne sourient pas forcément.

Sauf que là, avec la guerre, le peuple dévoile sa nature profonde, et Elena, après quelques semaines d'absence, la redécouvre dans toute sa crudité.

– Les opinions ici, à Perm, c'est la cramouille noire. 100 % pour la guerre. Et c'est pas la peine de discuter. « On ne tue pas les civils, ils disent. Si on n'avait pas attaqué en premier, ils auraient attaqué de toute façon. » Je me balade dans le tramway, j'écoute ce que disent les gens, pas un seul qui ait des doutes. Et fiers avec ça ! Qu'on soit fier des réalisations scientifiques ou de la vie tranquille, je comprends, mais eux, ils sont fiers de pouvoir détruire les autres. Y en a un, il m'a dit, tout sourire : « On peut les anéantir cinq fois de suite si on veut ! »

Ce n'est pas que tout le monde parle de la guerre ; au contraire, Elena a souvent l'impression qu'ils ne savent rien et ne veulent rien savoir – l'Ukraine, c'est tellement loin, et c'est politique, et la politique, on n'en parle pas. « Ça ne nous regarde pas. Que les gens compétents s'y dépatouillent. » Les Russes ordinaires de Perm ont une deuxième peau, épaisse comme celle de l'hippopotame, on a parfois l'impression qu'aucun cataclysme ne parvient à les atteindre. Ils baignent dans un fatalisme universel, limité par l'horizon de leur coin de rue. En ce début juillet, les gens ont des problèmes bien plus graves que la guerre :

une canalisation d'eau chaude a explosé rue du Komintern, celle qui est perpendiculaire à la perspective du Komsomol, et parallèle à la rue Clara-Zetkin – quand je l'apprends, je ne peux m'empêcher d'aller vérifier sur Google Maps que ces noms de rue désuets, fleurant les Soviets des années 1920, sont encore réellement en usage plus de trente ans après la chute de l'URSS.

En septembre, à l'annonce de la mobilisation « partielle » ordonnée par Poutine, Elena a un petit espoir que le choc pourrait sortir les gens de leur léthargie. Car les Permois qu'elle croise sont catégoriques : ils ne veulent pas aller eux-mêmes au front, et ne veulent pas que leur fils, neveu ou mari y aille. Ce qui ne les empêche pas de soutenir la guerre. Entendu dans la bouche d'un jeune : « Il faut que ce soit des gens spécialement formés qui nous ramènent la victoire. Mais moi, je n'y connais rien au maniement des armes. » Tous ont une certitude : ce seront les autres qui seront mobilisés, mais sûrement pas eux. Chacun croit avoir une excuse magique qui le protège : « Je fais de l'asthme », « J'ai deux enfants en bas âge », « Je travaille dans un secteur où l'on aura davantage besoin de moi à l'arrière plutôt que dans les tranchées », « J'ai été exempté pendant les cours de préparation militaire au lycée », « Ils vont mobiliser en priorité les gars des républiques périphériques, Tchouvachie, Daguestan », etc. Les convocations commencent à tomber pourtant, et les mauvaises surprises qui vont avec : une fois au centre de recrutement (*Voenkomat*), aucune des excuses citées plus haut n'est un bouclier suffisant pour être exempté. L'administration de Perm a des quotas à tenir, et tout le monde y passe, asthme ou pas.

Le réveil des Permois, Elena y a cru un instant. La première semaine après le décret, fin septembre, elle a entendu des gens pester, il y avait un peu de nervosité dans les rangs, puis ça s'est calmé. La foule suinte maintenant un mélange de docilité et d'agressivité. « C'est la vie. [Puis, après quelques soupirs :] On les aura, les Ukrainiens ! » « J'ai deux fils, vingt-cinq et vingt-neuf. Ils n'ont pas été mobilisés pour le moment, je croise les doigts. Mais s'ils reçoivent leur convocation, ils iront, ça c'est sûr. On n'est pas des rats pour se cacher, ni des traîtres pour s'enfuir, alors que la Patrie nous a tout donné. » Où est la logique dans ce drôle de patriotisme attentiste ? Faut-il avoir l'instinct de survie dans les chaussettes pour subir ainsi les aléas d'un bout de papier apporté par le facteur ! Elena se demande pourquoi le simple refus d'obtempérer en ignorant la convocation n'est jamais une option pour ces gens quand on sait qu'une amende administrative est tout ce qu'ils risquent[1]. Le manque d'infor-

1. Avant avril 2023, l'absence de réponse à une convocation au centre militaire était punie par une amende de 500 à 3 000 roubles (même en

mation, l'illettrisme juridique et la peur du gendarme jouent, bien sûr, un rôle dissuasif. Mais aussi la carotte : la perspective de gagner de l'argent car les contrats avec l'armée sont bien payés[1].

S'y ajoute une exaltation surjouée, comme une farandole qui ne s'arrête jamais, qu'entretiennent la télévision, l'école, les services municipaux, les affiches publicitaires, mais aussi la famille, les aînés surtout. Les babouchkas du marché, encore une fois, montrent l'exemple : « La Russie se lève comme en 1941 ! », « On ne pouvait

---

cas de récidive), soit 46 euros au maximum. Après cette date, de nouvelles sanctions administratives se sont ajoutées à l'amende : notamment, l'impossibilité de passer le permis de conduire, de prendre un crédit, de voyager à l'étranger. En revanche, une fois la présence validée par le centre de recrutement (par la signature d'un document ad hoc), la sanction pour refus d'incorporation devient pénale et l'on risque jusqu'à deux ans de prison.

1. À partir de 195 000 roubles par mois (3 000 euros).

pas continuer à nous laisser faire », « Quelle fierté pour notre pays ! ». Le comble, cette mamie, derrière son cageot dans lequel elle a entassé pêle-mêle les pommes et les oignons qu'elle vient vendre : « Personnellement, je me réveille le pied plus léger maintenant que nos gars sont là-bas. »

Elena a failli en pleurer :

– De quelle fierté parlez-vous ? On peut être fier de sa médecine, de son enseignement supérieur, on pourrait être fier si on avait les plus beaux salaires.

Elles se jettent sur Elena : « Comment ? Tu devrais avoir honte ! Si ça ne te plaît pas, dégage ailleurs ! »

Elena n'insiste pas. Elle connaît les dangers. Les vieilles peuvent aller se plaindre. Avec le système de vidéosurveillance en centre-ville on aura tôt fait de la retrouver. Ces délations opportunistes arrivent tous les jours. À Moscou, dans le métro, un type qui consultait sur son smartphone des images « pouvant discréditer les forces armées » a été repéré par son voisin de siège, qui a prévenu la police. Le type a été arrêté à la sortie du métro et condamné à quatorze jours de prison en plus d'une amende[1].

Chez ses collègues au travail, l'ambiance est la même. Un conducteur l'accueille, tout sourire : « Alors c'est parti pour de bon. On va niquer les USA et l'OTAN ! »

Trois jours plus tard, c'est un pote, Volodia, qui lui écrit : « Il fait beau. Tu peux me féliciter. Je suis passé au Voenkomat. »

Elena, sereine : « Et alors ? On ne t'a pas pris ? »

Volodia : « Tout va bien. »

Elena : « Tu es soulagé ? »

Volodia : « Je n'ai rien à y perdre. Aucune foufoune, aucun nichon qui me retienne. Bref, je vais y aller. On me laisse

---

1. *Novaya Gazeta Europe*, 18 mars 2023.

quinze jours pour m'équiper. Puis deux mois de classes. Puis bah ! on verra. »

Volodia a dépensé 18 000 roubles (280 euros) de sa poche pour des genouillères, un sac de couchage, une torche, un kit médical, un réchaud. Depuis, « cet abruti » ne donne plus de nouvelles.

Si octobre est le mois des désillusions, novembre fige en Elena la certitude d'être complètement cernée.

Un autre pote, Alik, passe à la maison lui dire bonjour, prendre une bière, papoter. Alik est technicien à l'usine de tracteurs. Il est d'excellente humeur, absolument ravi par tout ce qui arrive. « Les salaires ont augmenté. » Il touche maintenant entre 50 000 et 60 000 roubles (770 à 920 euros), et il y a toujours une possibilité de se faire des extras. Du boulot comme s'il en pleuvait. Lui, sa spécialité, c'est les chenilles. « On en produit trois fois plus qu'avant l'opération militaire spéciale. » Quand Elena remarque, pensant être consensuelle, que « la guerre c'est des soldats russes qui meurent tous les jours », il se fend d'un large sourire : « Aucune chance qu'ils me mobilisent, je suis dans un secteur dont ils ont besoin et qui manque de bras. »

Partout, le soutien à Poutine. « Heureusement qu'il est là, autrement ils nous auraient déjà dépecés. » « Zelensky l'a cherché, Poutine s'est retenu tant qu'il a pu, mais quand il a compris qu'on n'avait pas le choix, il a attaqué. » Et, quand Elena demande s'il est nécessaire de bombarder les infrastructures civiles ukrainiennes, on lui répond qu'on aurait dû le faire depuis longtemps.

Au dépôt, une collègue retraitée passe leur dire bonjour. Elle raconte que son fils a échappé à la mobilisation, « Dieu soit loué ». Enfin une personne adéquate, se dit Elena. Elle est à un cheveu d'avouer ce qu'elle pense de la guerre et de ce régime inhumain, quand l'autre : « Il faudrait qu'on arrête de tourner autour du pot en Ukraine et qu'on commence enfin à leur faire la guerre. Ça suffit, les ronds de jambe. » Elena mord sa langue, et, le soir, déverse son amertume dans Twitter :

– Tous, ils sont TOUS pour la guerre. Non, c'est même pire : ils aiment la guerre. C'est à hurler. En sortant du supermarché, il y a un carton avec les produits alimentaires périmés, à 25 roubles le paquet de fromage râpé. Ça se bouscule autour, surtout les retraités. Et j'entends ce type, avec une casquette, tout content : « Les Occidentalistes [*sic*], y vont se les geler cet hiver sans notre gaz, y vont pas comprendre. »

Un matin, quand elle arrive au dépôt, une feuille est épinglée sur le tableau d'affichage. On cherche des ouvriers du bâtiment pour « reconstruire Marioupol ». « Vous travaillerez à la reconstruction de logements, de bâtiments industriels et sociaux. » Salaire à partir de 180 000 roubles (2800 euros). Le fils de sa collègue Macha est déjà parti depuis une semaine. Elles en discutent à la pause-déjeuner. « Tout est calme là-bas. On ne tire pas. On les loge dans une pension. Il travaille à déblayer les effondrements. Premier salaire à la fin du mois : 120 000 roubles. Il est content, mais il n'a encore rien reçu. On verra quand il sera payé. » Elena remarque aussitôt que ça fait une différence de 60 000 roubles entre ce qui est annoncé et la réalité. Macha hausse les épaules, fataliste. « 120 000 roubles, c'est du tout bon, on va pas faire la gueule. »

À la fin décembre, Elena résume :

– Il n'y a pas le début d'une ombre de mécontentement. Le peuple est calme, confiant et fier de lui. Travail, maison, famille. Il n'y a que ça qui compte. Personne n'a honte de ce que font nos soldats. Ils trouvent même qu'ils n'en font pas assez. Ce peuple adule la violence. Il est incurable.

La « radieuse Russie du futur[1] », dont rêve l'opposition, n'a aucune chance d'advenir ici, à Perm.

Piqués, certains lecteurs réagissent, protestent : « Quelle russophobie ! » « De quel droit stigmatises-tu le peuple ? »

Alors Elena, en majesté :

– J'ai tous les droits avec ce peuple : j'en suis la chair ! Je vis au plus profond du peuple. Ma mère était femme de ménage, mon père mécanicien des chemins de fer. Qu'aurais-je dû devenir, avec une telle généalogie, sinon une vatnitsa de base ? Mais la guerre, la GUERRE, comprenez-vous, a tout clarifié, pour moi aussi bien que pour les autres. Et crêpe ! Dire que je suis seule aujourd'hui, c'est rien dire. Venez le constater par vous-mêmes si vous ne me croyez

1. En russe : Прекрасная Россия будущего. Le terme a été inventé en 2018 par Navalny et son équipe pour la campagne à l'élection présidentielle.

pas. Je vous invite en province, montez dans mon tramway, parlez aux gens, et vous en boufferez du peuple ! Vous préférez rester entre vous, dans vos bars à smoothies moscovites, les oreilles bouchées, la mine dégoûtée. Comme je vous comprends ! Mais ne venez surtout pas ensuite me pourrir avec des leçons de morale dont la bite seule sait où vous les piochez.

À cet instant, j'aurais voulu la serrer contre moi, Elena. Pour lui murmurer à quel point je la plaignais de vivre ainsi en autarcie, étrangère parmi les siens, seule dans son tramway bondé, perdue sur une île déserte peuplée de crabes acrimonieux dont la carapace ne saurait être perforée par aucun argument. Attaquée aussi bien par une foule de Svetlana enragées que par une certaine élite russe qui ne méprise rien plus que cette même foule. Fragile comme une cocotte en papier coincée entre le marteau et l'enclume.

Le fils de Macha a fini par rentrer à Perm. Il n'a jamais touché les 120 000 roubles promis. On l'a baladé de chantier en chantier, en oubliant de le payer sous des prétextes divers (paperasserie pas aux normes, délai de carence, entreprise en cessation de paiement, etc.). À un moment, il a été enlevé par des militaires russes qui l'ont soupçonné d'être un agent ukrainien. Le temps qu'on retrouve ses papiers, il a subi un interrogatoire musclé de vingt-quatre heures, et, comme il avait du mal à avouer, on lui a improvisé une séance d'électrochocs. Sur son dernier chantier, un Ukrainien, apprenant qu'il était russe, lui a planté un couteau dans le ventre. Il a saigné abondamment, mais, coup de bol, aucun organe vital n'a été touché. Sitôt recousu, sitôt Perm. Il parade maintenant en exhibant la cicatrice, avec un vilain creux à l'intérieur. Il l'a montrée à Elena, qui l'a photographiée. Ses médecins étaient des bouchers : un bout de sa chair, de l'épaisseur d'un petit doigt, est resté définitivement en Ukraine.

Apprivoiser la solitude

En plus du triomphe de la Russie, Svetlana rêve d'un mari.

Périodiquement, quand elle se confine pour une soirée de solitude, une de plus, dans son appartement avec vue sur l'avenue arborée qui longe sa barre d'immeuble, avec la litière du chat sous la fenêtre, à droite du radiateur, elle laisse couler sa déprime sur Twitter, et l'on a le cœur qui se serre devant cette complainte qui pourrait être universelle :

– Je voudrais tant qu'on me fasse la cour ! Une invitation au café. Pour une petite salade ou un sandwich au poisson fumé.

Le soir du 23 octobre, elle écrit :

– Il paraît (je viens de l'apprendre) qu'au Pendjab le 24 octobre serait la Journée de l'adoration du mari. Il me reste donc vingt-quatre heures pour en dénicher un. Ah ça ! Je m'emploierai à l'adorer, le cajoler, le bisouiller, le vénérer.

Comme un mari ne se trouve pas si facilement, même quand le programme est alléchant, elle tend des filets :

– J'aime les héros. Je caresse mon chat. Alors que ça pourrait être toi.

Elle publie aussi des photos de sa jolie bouille et de son cou – en bas de l'image, comme par hasard, son décolleté. Cette invitation au voyage s'accompagne d'une perche pour cueillir des compliments faciles :

– Je me trouve aujourd'hui bien fatiguée. Voit-on mon manque de sommeil ou c'est un film que je me fais ?

Et les poissons mordent, lui écrivent, la couvrent de compliments et de smileys avec des cœurs rouges à la place des yeux.

Pour avoir un peu plus de choix, et les voir gigoter, rien de plus simple, il suffit de se montrer espiègle :

– J'ai rêvé cette nuit, dois-je le raconter ? Bref, un homme a glissé la main sous ma jupe, grimpant jusqu'à me peloter le cul. Et là, devinez à quoi je pense (toujours dans mon sommeil) ? Au trou dans les collants qu'il va sans doute sentir sous ses doigts, qu'il a déjà senti, j'en suis sûre, et j'ai honte d'être une telle souillon.

Je n'ai pas besoin de beaucoup d'imagination pour la voir s'empourprer quand elle écrit ces lignes ; Svetlana rougit d'autant plus facilement que sa peau est très blanche et qu'elle n'a pas l'habitude d'employer ce vilain mot, un « cul ».

La fausse prude (Svetlana doit le savoir d'instinct) est un aimant à messieurs – et ça ne manque pas, en effet, les commentaires enthousiastes s'enchaînent. Assez peu de vulgarité : Twitter est en Russie un filtre vers le haut de gamme.

Elle ne renouvellera pas l'expérience. J'en déduis que la chasse n'a pas été concluante par la qualité du gibier attrapé. D'ailleurs, peu de temps après, elle se plaint :

– Pourquoi tous les types bien sur Twitter sont-ils déjà mariés ?

Une semaine plus tard :

– Samedi soir. Quel ennui ! Dehors il pleut de la neige, et il fait sombre dès 16 heures. J'appellerais bien un gars de Twitter à venir prendre un verre chez moi. Mais j'en ferai quoi après ? Il est marié, à coup sûr. Sa femme ne le laissera pas sortir, et d'une. Et s'il vient chez moi en douce, quel manque de respect pour sa régulière. Fi ! Comment voulez-vous que je le regarde avec admiration après ça ? De toute façon, je n'ai pas de vin.

Si sa vie sentimentale est un désert peuplé de chats, Svetlana ne se jette pas pour autant sur le premier venu. Elle a des critères de sélection stricts, dont elle expose les grandes lignes au fil du temps. Son héros doit être galant :

– Dans les transports en commun, les hommes qui restent assis alors qu'une femme est debout sont des grospédés [*sic*] ou des eunuques.

Il doit avoir un minimum de revenus :

– Si un homme ne peut subvenir aux besoins alimentaires d'une femme, il peut joyeusement continuer à se branler sans mettre son nez dehors. Et ne pas faire perdre sur sa personne du précieux temps féminin.

Les besoins alimentaires de la femme comblés, il serait bienvenu qu'il voie plus grand :

– Qu'il est bon de ne pas travailler ! Et qu'un être aimé vous entretienne ! Toute femme épanouie doit pouvoir vivre sur le compte de son mari – elle peut travailler en plus, si ça lui chante.

Il doit être russe, bien sûr :

– Nos hommes russes sont merveilleux. Il n'y a rien de meilleur au monde. Ils sont généreux. Intelligents. Virils. Pas comme ces morveux européens sans envergure. Les nôtres ça aide les femmes, ça les invite. Tandis que les gringalets de Français ou d'Espagnols sont bien contents de se remplir la panse à notre compte.

Dans son éblouissement, elle oublie pudiquement les deux fléaux (devenus légendaires) qui accompagnent les hommes russes dans les nids douillets des chaumières : l'alcoolisme, vécu comme un sacerdoce, et la violence conjugale. Une femme meurt toutes les deux heures en Russie sous les coups de son conjoint, soit plus de 4 300 tuées par an[1]. Une pratique que la grande

---

1. Contre 143 en France, en 2021. Les données pour la Russie proviennent du Centre Anna,

culture russe s'est empressée de graver dans le marbre d'un dicton que les mères répètent à leurs filles fraîchement mariées : « S'il ne bat pas, c'est qu'il n'aime pas. »

L'homme de ses rêves devra être serviable et bricoleur. Il n'aura aucune hésitation face aux corvées physiques. Svetlana y pense souvent. À l'école maternelle où elle travaille, la neige fait des avalanches à cause d'une mauvaise conception du toit, et s'accumule en tas énormes qui coincent la porte. Étant la première à son poste, vers 6 heures du matin, alors qu'il fait encore nuit polaire, c'est à Svetlana de déblayer, « alors que je suis une fifille », note-t-elle avec une coquetterie amère.

Une fois le bonhomme déniché, Svetlana promet qu'elle lui apportera « bonté,

---

association qui lutte contre la violence conjugale. Et encore, il ne s'agit là que du chiffre officiel d'un pays qui, en 2017, a dépénalisé une bonne partie des sévices que l'on peut commettre dans le cadre familial.

amour et beauté », et tous les autres clichés à la Barbara Cartland.

Pour mettre toutes les chances de son côté, elle s'impose de longues séances de maquillage, comme on l'a vu, et elle jeûne :

– Crêpe, ce que j'ai faim ! Un gâteau au chocolat avec de la crème. Des blinis avec du caviar rouge. Du jambon de dinde. Une côtelette de poulet. Un nugget à la rigueur. Je décale le dîner car c'est quand on a faim que l'on maigrit. Dix kilos. J'ai dix kilos de trop.

On se demande pourquoi elle se fait tant de mauvais sang. Les mâles célibataires russes, dans la tranche des quarante à cinquante-cinq ans qu'elle vise en priorité, ne sont pas très regardants sur quelques bourrelets qu'elle pourrait avoir en trop. La preuve, il y a deux ans, toujours sur Twitter, Svetlana a eu un flirt virtuel avec un dénommé Stas. Il lui a dit carrément : « Je n'aime pas trop les maigres. »

Stas est un beau gaillard défraîchi, paraissant un brin simplet. Blondinet d'une cinquantaine de piges, aux yeux bleus et roublards, coupe militaire, rasé de frais, la déconnade facile, des fossettes aux joues et un front où brille la franchise. Aime cuisiner des plats simples (œufs durs aux oignons, tomates et cornichons à la crème fraîche, sprats sur une tranche de pain noir), se promener torse nu, faire des danses débiles en s'accompagnant d'une guitare électrique imaginaire, la casquette vissée sur la nuque, façon voyou, clope au bec. Son visage fatigué est toujours porté par un large sourire. Les vendredis, c'est vodka, qu'il mélange lui-même dans un cabanon secret, à l'arrière de sa maisonnette, suivant des recettes savantes. Impossible de savoir de quoi il vit précisément – il répare, dépanne, revend, spécule. Et amuse la galerie.

Comme il se doit, Stas est de toutes les fêtes, et il est « patriote ». Il boit des coups le 1er mai pour la fête du Travail, il boit le 9 mai pour la Victoire, il boit le 8 mars pour la Journée des femmes (et il fait une danse torse nu devant sa webcam), il boit des coups à la gloire des paras (enroulé dans un drapeau russe), il boit à la conquête spatiale, il boit même sans raison apparente. « Il faudrait lui dire de mettre la pédale douce », disent ses fans, en rigolant. « Une vraie âme Russe », minimisent les autres. « Laissons-le tracer sa voie. »

Stas est beaucoup admiré par la gent féminine, qui se pâme à chacun de ses numéros, et lui lance des appels de phares : « Il paraît que tu as un tatouage intime. Tu le montres ? » Ce point est beaucoup discuté entre les filles. Est-ce sur les fesses ? Le sexe ? Est-ce que Stas a fait de la prison ? L'intéressé ne dément rien. Bon berger de son cheptel, Stas entretient la polissonnerie et répond par des compliments. À Svetlana, qui faisait semblant de s'inquiéter de la taille trop menue de sa poitrine en se demandant s'il ne fallait pas « faire déménager un peu de gras de sous les aisselles dans le soutif », il a gentiment signifié qu'on ne « change pas un décolleté qui gagne ».

Il est tellement aimé de ses groupies, qu'elles envisagent de faire un voyage collectif pour le rencontrer – il habite à Ivanovo. Svetlana est à quatre heures de route. Mais qui pourrait l'emmener ? Elle n'a ni permis ni voiture.

Un jour, Stas semble moins joyeux que d'habitude. Puis ses vidéos s'espacent, il maigrit. On apprend finalement qu'il a une maladie. Les groupies se perdent en conjectures. On lui trouve le teint jaunâtre. Covid ? Hépatite ? Il publie une photo de lui sur un lit d'hôpital, méconnaissable. Cancer de l'estomac ! L'alcool n'y est pas étranger, sans doute. Dieu seul connaît les recettes diaboliques de Stas. Pour s'enivrer à bas coût, le liquide dégivrant des voitures ou le nettoyant bleu pour les vitres sont des ingrédients courants en Russie. Dans le cas de Stas, ils sont exclus – il n'est pas aussi bas de gamme. Pour le reste... Il rentre de l'hôpital peu après le début de l'opération militaire spéciale. Encore une photo devant une salade de concombres (sans crème fraîche, interdite par le médecin), et il meurt – on le sait car il ne publie plus rien.

Deux mois plus tard, un groupe d'inconsolables pleureuses retrouve sa tombe au cimetière d'Ivanovo, dépose un bouquet de fleurs. « De la part de tes Twitteriennes. » Svetlana n'est pas du voyage mais elle a participé au financement. Je me frotte les yeux et je relis l'improbable inscription. Pas de doute : pour ces femmes esseulées, Twitter est un lieu géographique parfaitement défini, où l'on partage ses passions, où l'on s'amuse, où l'on flirte, un endroit où l'on vit sans doute mieux que dans leur ville bien réelle, puisqu'on y croise des hurluberlus comme Stas, à la gaieté débordante et à la galanterie rustique, des gens avec qui on sympathise en quelques phrases autour d'un feu de camp imaginaire.

À la fin de l'été, Svetlana y pense encore, au beau Stas, et soupire :

– Dites, qui se souvient encore de Stas, et de ses déconnades du vendredi ? Tout est si vide maintenant.

Ce silence masculin se mélange à un autre : son père, ce héros, tragiquement décédé dans la force de l'âge.

– Mon père est mort noyé : il tentait de sauver un homme qui avait glissé sous la glace. Il était pourtant un sauveteur expérimenté, et un alpiniste chevronné. Il devait se rendre compte que c'était sans espoir, mais il y est allé quand même. Les deux sont morts.

L'homme aspiré sous la glace avait bu – hypothèse personnelle. Ce genre de scénario est en effet fréquent en Russie, où l'on sait, dès le plus jeune âge, qu'il est dangereux de se promener sur une rivière ou un lac gelés. Le père de Svetlana, en dépit du bon sens et de l'instinct de survie, s'est jeté dans la gueule du destin, qui ne l'a pas raté. Ainsi sont-ils, ces hommes russes dont elle rêve : entiers jusqu'à la sottise, crâneurs devant la mort, autodestructeurs comme un feu d'artifice.

Tous les jours Elena voit défiler dans son tramway des spécimens du genre. Ils n'ont peur de rien et surtout pas de se prendre un râteau. Elena les laisse approcher et baratiner – en plus de sa curiosité naturelle et de son empathie, ça fait toujours plaisir de se sentir convoitée. La plupart ont des défauts rédhibitoires qu'ils ne cachent même pas.

– Ça fait plusieurs fois que je le croise, une armoire à glace. On a papoté. M'a demandé mon numéro. Me rappelle le soir même, vers minuit, c'est tard, je dors déjà.

Bon finalement on se parle, je lui tire les vers du nez. J'apprends qu'il ne travaille pas et qu'il vit avec sa mère. Pourquoi qu'il ne travaille pas ? Ben parce qu'il est en sevrage de drogue, pardi. Suivi par un centre médical. J'en ai pas vraiment besoin, pas vrai ? Je l'ai envoyé (gentiment) là où vont les chiens du diable.

Une autre fois, c'est un voisin d'immeuble qui lui fait des avances : « Viens boire un coup chez moi. On se couchera sur un lit, et je te tiendrai un nichon. » Elena diagnostique le buveur compulsif (et impuissant, de surcroît), et décline l'élégante invitation.

Ne croyez surtout pas qu'elle n'attire que des losers.

– Aujourd'hui, j'ai été raccompagnée du boulot par un gars TRÈS sympathique. Jeune, bien bâti, travailleur. Mais son cerveau, mon Dieu ! Il me sort : « Ben quoi, si on m'appelle au centre de recrutement, j'irai à la guerre. Ce sont des nazis, là-bas. » Rien à faire, ça me refroidit aussi sec. Et lui : « Bah qu'est-ce que t'as ? »

Pas question de sortir avec un vatnik irrécupérable. C'est une des premières questions qu'elle explore, de manière détournée. Si c'est un semi-vatnik, et qu'il lui plaît beaucoup, il lui arrive de tenter sa chance. Toujours cette illusion qu'ont les femmes de pouvoir transformer un homme en profondeur. Ainsi ce Pavlik, vingt-quatre ans. Leur histoire a duré plusieurs mois. Rencontré dans le tramway, Pavlik travaille dans une ferme-village, à dix bornes de Perm. Il s'est retrouvé en ville car il y voit un copain qui lui pirate des livres audio. Dans son village, Pavlik est chargé de surveiller dix-huit vaches. C'est beaucoup et les habitants y participent chacun à tour de rôle. Sur son avant-bras, il s'est fait tatouer un avion en papier (ou une fusée, difficile à dire compte tenu du talent de l'artiste) dont l'aile porte le mot « bite », gravé en capitales. Elena le décrit comme « toujours positif », « cherchant à se développer ». Alors, forcément, elle veut l'aider, lui conseille des livres.

Car Elena aime lire (comme Svetlana). Elle adore Pouchkine, dont elle connaît plusieurs poésies par cœur. Quand elle était gamine, elle se voyait prof de russe. Elle a eu une excellente note à son oral de littérature, à la fin du lycée. Seulement il a fallu gagner sa vie. Elle a vu une opportunité – tenir un kiosque. Nous sommes au début des années 2000, elle a vingt ans. Elle rencontre un garçon, tombe enceinte. Pas question de congé maternité, on l'aurait virée. Une amie lui dit qu'il y a des postes disponibles à la régie. Elle y va. Il y a la queue. Elle a un entretien d'embauche, elle plaît beaucoup par son côté jovial, optimiste. Elle est embauchée. Comme elle est au quatrième mois de grossesse, c'est son amie qui passe à sa place la visite médicale et se fait vacciner pour être à jour.

Ce sont des années heureuses. Elle profite de pas mal d'avantages sociaux en tant qu'employée de la régie municipale. Son travail lui plaît. Un jour, un type monte dans son tramway, et n'en descend pas. Il y reste toute la journée, à conter fleurette. Il lui offre une glace, et des saucisses à midi. Le matin, il l'attend ; et il la raccompagne le soir. Elle finit par divorcer du premier mari, se met avec le deuxième. Dix ans plus tard, toujours dans un tramway, il tombe sur une femme plus jeune, et s'empresse de quitter Elena à son tour. « D'où, par quel hasard, cet homme est monté dans mon tramway ? » se demande-t-elle souvent.

Avec Pavlik, de vingt ans son cadet, l'alchimie a l'air de prendre. Elle se découvre une mission sacrée. Alors que l'environnement le pousse à devenir un parfait vatnik, elle l'en empêchera ! Elle lui recommande *La Ferme des animaux*. « Ce bouquin est top ! » lui écrit-il quelques jours plus tard. Dans sa campagne, tout le monde est imbibé dès la fin de la matinée, sauf lui, avec ses oreillettes et ses livres audio. Il y a de l'espoir. Chaque matin, vers 5 heures, quand elle se dirige au radar vers la navette qui l'emmène au dépôt, il lui envoie un message : « Salut, la petiote ! » Elena en est tout heureuse. Elle l'annonce à tout le monde :

– Il est 5 h 10, et j'ai déjà eu mon « petiote » !... Pourvu que ça dure... Ça me rappelle mon deuxième mari, qui m'appelait « mon susucre ». Puis j'ai découvert que l'autre, celle qui me l'a pris, il lui envoyait aussi des « mon susucre » ! Comment j'étais humiliée ! Une collègue m'a alors expliqué qu'il ne fallait pas le prendre trop à cœur, « c'est juste que ton ex a le sucre dans la peau ».

Six mois plus tard, comme elle s'y attendait, son cœur se brise. Plus de « petiote ». Pavlik a rencontré une fille de son âge, pas loin de son bled. Ses parents voudraient qu'il se marie rapidement, fasse des enfants. C'est la séparation. Elena pleure un bon coup et prend des jours de garde en plus, pour s'oublier et pouvoir compter sur quelques roubles en supplément sur la fiche de paie. Une semaine de turbin, et le moral repart. Faut dire qu'on ne s'ennuie pas dans un tramway. Entre les resquilleurs, les types qui lui refilent de faux billets, celui qui essaie de lui chiper son bonnet… Et les personnages hauts en couleur, comme cette femme qui l'aborde : « Ça fait pas mal de temps que je t'observe. Tu es travailleuse, consciencieuse, toujours aimable, bref tu me plais, on s'entendra bien. J'ai un fils célibataire. Pile ce qu'il te faut. On peut organiser une rencontre. » Elena refuse poliment. Elle n'est pas désespérée à ce point !

D'autant qu'on la sollicite de tous côtés : voilà qu'un type d'une cinquantaine d'années avec qui elle flirtait sur Twitter, puis en messagerie privée, se révèle être…

une jeune femme de trente-cinq ans qui cherche une « dominatrice ». Elena est abasourdie, intriguée, et flattée aussi. Elle se demande si ça vaut le coup d'essayer :

– Elle est extrêmement jolie, un canon en fait. Comment vais-je faire pour la « dominer » ? C'est vraiment pas de chance : je me rends compte maintenant que moi aussi j'aime être dominée, et sacrément, mais par un homme s'il vous plaît !

Dans les jours qui suivent, les idées d'Elena tournent beaucoup autour des couples lesbiens. La Douma, dans son combat contre le « satanisme » venu d'Occident, vient justement de faire passer une loi interdisant « la promotion de relations sexuelles non traditionnelles »[1]. Tout film, livre, affiche, vitrine qui montre ou suggère des relations « non traditionnelles » est désormais mis

1. Loi votée le 24 novembre 2022. Les amendes peuvent monter jusqu'à 10 millions de roubles (150 000 euros).

à l'index. L'arc-en-ciel est exterminé. On scrute tout, y compris la série *Peppa Pig*, où le député ultrazélé Alexandre Khinchtein a décelé une apologie de l'homosexualité dans un épisode où l'on voit l'oursonne Penny manger des pâtes avec ses deux mamans ours. Elena s'interroge :

– On a interdit la propagande du lesbianisme, mais comment peut-on interdire d'être lesbienne ? On en a une au boulot, déjà d'un certain âge. Ce n'est pas la propagande qui l'a rendue lesbienne. Ça fait un bail qu'elle zieute toutes les femmes. Et ça a fini par marcher. Elle en a repéré une, au dépôt. Et elle lui a fait quitter son mari ! Elles vivent ensemble maintenant. Mais chuuut.

Quelles que soient les tentations de frissons lesbiens, sur le front de la vie sentimentale, Elena trouve le temps long, très long. Ainsi glisse-t-elle cette confession :

– Je trimballe dans mon portefeuille un préservatif Contex Imperial. Douze mois qu'il est là. Le sachet est tout crasseux. J'attends cet instant où il me dira : « Coucou, je suis là, tu peux compter sur moi ! », mais ça ne vient pas, LOL. On n'a pas de chance tous les deux. Peut-être faut-il le jeter ? Peut-être que c'est lui qui, par sa présence, m'empêche de trouver le grand amour ?

Elle joint une photo de son fidèle Contex, dans un vieux sachet élimé, aux coins pliés, terriblement seul lui aussi, et inquiet comme un chien qui attend son maître devant un supermarché. Si la solitude devait avoir un visage, ce serait ce carré d'emballage fripé et compressé avec l'anneau du préservatif rangé à l'intérieur, faisant à l'extérieur comme un smiley sans yeux ni bouche.

Pour meubler sa solitude, en plus de Twitter, Elena peut compter sur son amie Irina (Irka). Elles se connaissent depuis leurs années post-lycée. Irina habite en banlieue de Perm dans une maisonnette en planches de bois et toit en tôle ondulée, elle est divorcée, avec deux garçons de dix-huit et dix-neuf ans. Elle gagne sa vie en cuisinant chez elle des *pelmeni* (raviolis) et des *vareniki* (gros raviolis) aux patates et au lard qu'elle livre ensuite aux restaurants et gourmets de la région.

– Irka est ma meilleure amie, on se comprend, on se soutient. On ne s'ennuie jamais. Et je ne suis jamais en manque de pelmeni.

Seul énorme souci : Irina est une vatnitsa. Avant le 24 février, Elena ne s'en était pas vraiment rendu compte. Soudain, c'est comme un hurlement de sirène, elle remarque enfin l'éléphant au milieu de la chaussée : chez Irina, un énorme drapeau russe couvre le mur au-dessus du lit dans la chambre à coucher. Et, entre le lit et le drapeau, accrochée légèrement de traviole, la photo de Poutine !

Il était là depuis des années, mais elle ne l'avait pas vraiment remarqué ! La guerre lui a littéralement changé la pupille. Non seulement l'invisible est devenu visible, mais il saute aux yeux. Que faire maintenant ? Dieu soit loué, Irina n'est pas une vatnitsa agressive ou prosélyte comme Svetlana. Elle ne veut pas heurter son amie et évite les discussions politiques. Le drapeau de la Russie dans la chambre à coucher ? Bah, son ex était fan de foot, et supporter de l'équipe russe, c'est son drapeau à lui qu'il n'a pas emporté. Le portrait de Poutine ? Et alors, c'est bien le président de la Russie, non ? On le voit dans les écoles, les mairies, un peu partout, pourquoi pas chez elle ? Un portrait de plus ou de moins, à l'échelle de la Russie, qu'est-ce que ça change ? Irina n'y a jamais vraiment fait attention. Peut-être qu'elle l'enlèvera un jour. Faudrait qu'elle y songe.

Tant d'efforts pour esquiver la dispute ! Elena est reconnaissante, touchée même. Irina est une bonne personne, sensible à ses proches. Alors, tant qu'elle peut, Elena contourne aussi les sujets qui râpent. Avant chaque week-end où elle reste dormir chez Irina, elle se confie à Twitter, en mode exercice de self-control :

– Un portrait de Poutine, ce n'est pas comme si elle avait le vrai Poutine. Respire, ma fille. Sois cool.

– Je ne dois pas lui parler de ses fils, qui peuvent être appelés sous les drapeaux à n'importe quel moment.

– Pourvu qu'elle n'invite pas ce couple, Sergueï et Katia, sinon je n'arriverai pas à me retenir.

Malgré tous ses efforts pour rester zen, Elena craque, remet la guerre sur le tapis, et le regrette aussitôt :

– Hier, chez nous, en plein centre-ville, on a livré les corps de onze gars tués en Ukraine. Onze caisses en bois. J'en parle à Irka : tu n'as pas pitié de ces types ? Si, elle fait, mais des guerres il y en a toujours eu.

C'est une constante des vatniki – ils n'ont pitié de personne, ni des étrangers ni des leurs. Ils sont morts pour la bite sait quoi, je lui dis. Oui, a reconnu Irka (et j'ai même cru que j'avais réussi à la convaincre), mais c'est les autres qui ont commencé, et l'on ne pouvait pas ne rien faire, et ce sont les Américains qui sont derrière, et patati, et patata. Je lui dis : qu'est-ce que tu as contre les Américains ? « Ils détruisent notre santé avec leur Coca-Cola, qu'ils se le gardent, tiens ! On peut très bien s'en passer ! » Elle était lessivée, la pauvre. La veille, elle s'était couchée à pas d'heure à cause des pelmeni qu'elle devait préparer, puis levée à 4 heures du mat pour aller les livrer. Alors on a parlé de maladies – sujet neutre.

Ainsi s'arrangent-elles pour ne pas se disputer. Chacune ferme son clapet à temps ou bifurque.

Quand Elena lui fait remarquer que le monde entier juge la Russie fasciste, Irina :

« Tant mieux, ça veut dire qu'ils ont peur de nous. »

Il y a toujours cette question des deux fils qui démange Elena et qu'elle n'arrive pas à poser de peur d'inquiéter, de blesser. L'appel, qui a lieu deux fois par an, est une antichambre de la mobilisation pour aller en Ukraine. En théorie, les appelés ne devraient pas servir dans la zone des combats ; dans la pratique, on ne compte plus les « regrettables bavures » et les morts. Ultra-connectés, les fils d'Irina le savent bien, et, tout vatniki qu'ils sont, ne souhaitent pas aller « combattre le nazisme » aux dépens de leur propre peau. Ils aimeraient tout faire pour l'éviter et ils l'annoncent fièrement à leur mère, qui est de tout cœur avec eux.

– Comme je te comprends ! dit aussitôt Elena, soulagée et avec une goutte de sarcasme.

Le stratagème des garçons est à l'image de la Russie, pays de la débrouille, des passe-droits institutionnalisés, de la filouterie canalisée. Ils se sont inscrits à un service qui fournit des certificats médicaux de complaisance et une aide juridique, *PrizyvaNet* (littéralement PasDAppel). Moyennant une somme rondelette, allant de 44 000 roubles à 139 000 roubles (700 à 2 200 euros), en fonction de la « difficulté » et de l'urgence, ils concoctent un dossier qui permet de passer la commission médicale militaire avec de bonnes chances d'être déclaré « inapte », soit définitivement, soit pour un certain temps, au moins, en attendant des examens complémentaires. L'idée est de noyer l'administration militaire sous la paperasserie juridico-médicale, et faire traîner les choses au maximum, sur deux, trois, quatre ans. Le service a pignon sur rue et semble fonctionner correctement (beaucoup d'avis favorables), sans que le succès ne soit garanti pour autant.

– Pourvu que ça réussisse, dit Elena, toute joyeuse.

Délicate, elle ne cherche pas à mettre Irina face à ses contradictions, ce qui ne l'empêche pas de savourer cette nouvelle comme une minivictoire : l'hypocrisie presque assumée des vatniki n'est pas tenable sur le long terme, on ne peut soutenir la guerre indéfiniment tout en refusant d'y participer, une lassitude du danger que représente le Voenkomat va s'installer, l'espoir existe.

Dès lors, c'est avec le sourire qu'elle accueille Sergueï et Katia, les vatniki décomplexés, et ils passent une bonne soirée à se remémorer les vieux films soviétiques en dégustant les incontournables pelmeni. Au moment des toasts, systématiquement lancés par Sergueï, le mâle dominant du groupe, elle s'abstient – impossible pour elle de trinquer « à la victoire » ou « à nos forces armées ». La compagnie tique un peu, puis on passe à autre chose. Le sujet qui fait consensus, c'est la cherté de la vie et les salaires de misère.

Sur Twitter, Elena n'hésite pas à en parler, preuves à l'appui. Avec régularité et un certain masochisme, elle photographie ses fiches de paie, puis dissèque chaque ligne pour comprendre où est passé l'argent. Son mois de revenus record a été juillet, à cause des vacances des collègues qu'elle a pu remplacer ; grâce aux heures sup, elle a touché 38 000 roubles (590 euros) pour deux cents heures travaillées. Elle aurait pu gagner autant en août, mais on lui a déduit 6 000 roubles pour manquements divers : un jour elle a oublié d'accrocher son badge, un autre il lui manquait 50 roubles dans sa caisse. Elle s'est aussi fait prendre en flag d'usage de smartphone, ce qui est strictement interdit. Un contrôleur en civil passe au moins une fois par semaine et verbalise, verbalise, verbalise. Un mois de travail standard (sans pénalités) lui rapporte 25 000 roubles (380 euros).

Côté dépenses, l'eau, le gaz, le chauffage, l'électricité et les charges lui prennent

8 000 roubles (125 euros). Son petit appartement est à elle, c'est déjà ça. L'abonnement internet coûte 2 000 roubles (30 euros). Il lui reste 15 000 roubles pour vivre (230 euros). Les prix à Perm ont beau être moins élevés qu'à Moscou, il faut se rationner.

Si elle mange à sa faim, la viande n'est pas vraiment au rendez-vous, ni les cinq fruits et légumes par jour. Les pommes de terre (50 roubles/kilo), le chou (45 roubles/kilo), les oignons (90 roubles/kilo), ça peut encore aller. Les tomates, les carottes, les pommes montent à 120, 150 roubles le kilo. Le concombre, ingrédient indispensable à tant de salades russes, est à 150 roubles la pièce, ce qui en fait une denrée précieuse, qu'on achète avec parcimonie.

Et encore, on a de la chance, à Perm. À Nijni Novgorod, l'hiver a vu le prix du concombre monter à 390 roubles la pièce. Svetlana est outrée – elle photographie son ticket de caisse pour partager sa peine avec les « patriotes » qui la rassurent : c'est parce que les concombres viennent des Pays-Bas et de Grande-Bretagne qu'ils sont aussi chers. Ces pays ennemis ayant renoncé au gaz russe, les producteurs hollandais et anglais ont vu le coût du chauffage des serres devenir astronomique. Ils ont dû répercuter le manque à gagner sur les prix de leurs produits. C'est clair ! La brillante explication économique est toutefois franchement bancale : la Russie a elle-même mis en place, depuis 2014, un embargo sur les denrées alimentaires venues d'Europe en représailles des sanctions après l'annexion de la Crimée. Aucun concombre hollandais ne parvient à s'infiltrer en Russie depuis cette date. Soit elle l'ignore, soit elle l'a opportunément oublié, toujours est-il que Svetlana se sent revigorée devant le concombre qu'elle ne peut plus s'offrir en s'imaginant une Europe pétrifiée de froid.

Svetlana gagne sa vie encore moins bien qu'Elena, et elle ne bénéficie pas de la gratuité des transports. Elle a rarement l'occasion de faire des heures sup, sauf quand une collègue est malade. Dès lors, sa vie matérielle devient carrément misérable quand un appareil ménager tombe en panne, ce qui arrive souvent car tout son équipement a été acheté d'occasion il y a des lustres. Son fer à repasser chauffe mal, son lave-linge refuse d'essorer et son aspirateur recrache plus de poussière qu'il n'en avale. La grosse déception de l'année : le notebook de la marque chinoise Irbis, qu'elle a acheté en février 2022 pour 8 900 roubles (140 euros), se décompose quatre mois plus tard, l'écran ne se rabat plus, le plastique de la coque s'étant fêlé et coincé aux jointures.

Parfois son moral est tellement dans le bitume qu'elle se met à pester, non contre Poutine, le gouvernement ou les oligarques, mais contre ses copains, « patriotes » comme elle, qui lui répètent que tout va pour le mieux dans le plus grand pays du monde :

– Folle furieuse contre ces petits cons, qui, contre toute évidence, me racontent à quel point je vis bien, avec des finances à l'aise, et que tout est accessible matériellement, il suffit de se bouger le fion. Quand je proteste, ils aiment bien, ces dégénérés, me sortir des statistiques – le nombre de smartphones par habitant ou de mètres carrés dans un logement pour un Russe de base, le salaire moyen et compagnie. Allez mourir, bande de peaux épaisses ! Allez rejoindre Rosstat [Service fédéral des statistiques] qui me raconte que le salaire moyen d'une assistante de maternelle, à Nijni, serait de 37 000 roubles, crêpe ! Restez des gorilles, c'est plus simple à vivre. Pour vous, un pauvre, c'est soit un retardé mental soit un fainéant.

Dans ces moments, quand la rage la saisit et qu'elle mord tous ceux qui s'approchent, « patriotes » ou pas, une timide ampoule d'espoir s'allume au fond du puits. On a l'impression d'assister à la bataille très concrète entre deux perceptions, celle de la réalité du frigo vide et de la fiction d'une Russie grandiose que les vatniki se sont construite avec l'aide non négligeable de la propagande. Laquelle des deux l'emportera[1] ? Mais peut-être faut-il prendre le problème à rebours : quand le frigo est difficile à remplir, que tout est déglingué et que la survie économique en Russie ressemble à un plongeon dans l'eau glacée où nagent

1. Le « combat du frigo et de la télé » est aussi un mème apparu en Russie dans les milieux libéraux après l'introduction des sanctions européennes, vers 2015. Il partait du principe que la crise économique découlant des sanctions finirait par mordre suffisamment sur le train de vie des Russes pour les faire se révolter contre le Kremlin malgré le lavage de cerveau entrepris par la propagande. Péchant par optimisme et méconnaissance de la Russie profonde, il pariait sur la victoire finale du frigo et l'écroulement du régime, ce qui n'a pas vraiment eu lieu.

mafia, escrocs et fonctionnaires corrompus, il n'est guère étonnant que les « patriotes » s'accrochent à leur illusion de grandeur impériale comme à une bouée. Ou bien encore : est-ce mon envie de voir ces gens prendre conscience de leur fascisme et se mettre sur la voie de la guérison qui me fait voir des ampoules et des lumières là où la nuit brille par l'intensité de sa couleur noire ?

Après sa crise de réalisme, Svetlana se calme et repart d'un « Bonne journée et la santé à tous les camarades patriotes ! » comme si de rien n'était.

L'hiver arrive. Svetlana attrape une pharyngite. Douleur à la gorge et au cou, difficulté à parler, fièvre. C'est la deuxième cette année, et elle est carabinée. Le médecin prescrit une semaine de repos et de l'Imudon, huit comprimés à sucer par jour, pendant dix jours. Si le coût de la consultation est pris en charge par l'assurance municipale, les médicaments sont de sa poche.

Or elle est déjà exsangue. Trois boîtes d'Imudon, c'est 1 800 roubles (28 euros), soit presque un dixième de son salaire. Alors elle lance un appel aux dons, en indiquant son numéro de carte de crédit :

– Peuple mâle ! Twitteriens ! Je n'y arrive plus. Manque deux boîtes d'Imudon. Il faut soigner la petite gorge, et tout ce qu'il y a autour. La paie arrive dans dix jours. Faites-moi un petit coucou, pour que je sache qui est mon héros.

La princesse célibataire, à la blanche peau et à la jolie gorge malade, attend son chevalier, qui, pour quelques roubles, pourra faire une bonne action et sauver sa belle. Elle minaude, tend des perches faciles, et, joignant l'utile à l'agréable, progresse sur tous les fronts.

Son appel est entendu par ses copains « patriotes » qui cotisent dans la mesure de leurs moyens. Elle collecte même un peu plus que la somme demandée. Honnête, elle affiche le bilan financier de l'opération, et annonce que le surplus servira à acheter des croquettes pour son chat. Côté alpagage du prince charmant, en revanche, c'est la déroute, d'après ce que je comprends quelques jours plus tard, et même pire. La course à l'Imudon s'est muée en une sordide histoire de harcèlement.

En deux mots, un type lui aurait en effet envoyé un peu d'argent et commencé à flirter, et tout allait plutôt bien, quand la femme du type s'en est aperçue. Furieuse, elle a siphonné les photos de Svetlana à partir de son compte Twitter et créé de faux profils « Svetlana Belevitch » dans Vkontakte et ailleurs, en publiant en son nom des horreurs qui faisaient passer Svetlana pour une garce qui vend des photos de charme, et davantage même. Une opération sous faux drapeau, en quelque sorte, ou « propagande noire », que les services secrets russes affectionnent tellement, appliquée cette fois à la sphère privée pour détruire une réputation. Svetlana a mis plusieurs jours à faire le ménage, rétablir son identité et bloquer les intrus. La pharyngite est passée.

Twitter est donc pour Svetlana une roue de secours financière qui fonctionne. Elle n'en abuse pas, publiant ses appels du pied quand elle a des problèmes concrets, l'exception étant son anniversaire ou une envie vraiment pressante :

– Je voudrais bien accrocher chez moi une grande image avec de l'eau. Un lac, une rivière ou la mer. Les vieilles gitanes disent que ça attire l'argent. Mais, cercle vicieux, comment acheter un poster ou un tableau quand on n'a pas d'argent, dis ?...

Les points de suspension à la fin du tweet, comme autant de pierres du Petit Poucet, nous mènent à... son numéro de carte de crédit.

Cette fois la quête n'a pas donné le résultat escompté. Les mâles twitteriens ont sans doute jugé qu'un poster avec de l'eau n'était pas de première nécessité. Le tweet n'a pas été beaucoup partagé, ni aimé. Un type lui conseille : « Va sur Pinterest, choisis ton image et imprime-la. » Faut pas abuser, en somme.

Avec quatre fois plus de fidèles dans sa communauté, Elena a recours elle aussi à Twitter pour se sortir d'une mauvaise passe. Elle ne minaude pas, ne publie pas de jolies photos de sa personne, et s'adresse aussi bien aux femmes qu'aux hommes avec franchise, en postant ensuite facturettes et photos des endroits visités comme preuves que l'argent a été employé à bon escient :

– Très mal aux dents aujourd'hui. Toujours cette molaire que j'ai négligée. Elle ne m'a pas oubliée, crêpe ! J'espère que c'est juste une carie. On me dit c'est 3 000 à 4 000 roubles [45 à 60 euros] pour une carie. Comment je fais ? Je suis déjà à zéro, et il me reste encore deux semaines avant la paie.

Comme avec l'Imudon de Svetlana, la communauté se mobilise rapidement. Sans avoir jamais rencontré Elena, habitant parfois à des milliers de kilomètres, ils se sentent suffisamment partie prenante de son quotidien pour partager avec elle quelques roubles et un peu de bienveillance.

Depuis qu'elle est sur Twitter, en quatre ans, Elena a ainsi pu réparer sa porte d'entrée, s'acheter un fauteuil club, changer de lave-linge et de portable. Loin d'en ressentir une quelconque gêne, elle tient la liste de ces extras qu'elle a pu s'offrir grâce à la générosité de Twitter. Et maintenant, une carie soignée !

La quête pour la dent d'Elena produit là encore un petit excédent. Elle se demande alors si elle peut, avec le surplus, aller dîner avec Irina dans un restaurant, pour une fois. Elle pense à la taverne-grill de la rue Maxime-Gorki, le Monténégro. Certains ont l'air d'accord. Ils savent que c'est un luxe qu'elle ne se permet jamais. « Repose-toi, Lenotchka ! Et n'oublie pas de raconter ce que vous avez mangé ! » D'autres lui suggèrent de mettre l'argent de côté pour la prochaine carie. D'autres s'indignent : « Tu aurais pu calculer au plus juste, on n'a pas des ressources infinies. »

C'est à se demander à quoi sert une famille quand il y a la fratrie Twitter. On y trouve aussi bien l'oncle grippe-sou qui surveille les dépenses, la tante qui encourage les délires créatifs, la grand-mère qui glisse, subrepticement, un petit billet de banque pour les fêtes, le papi toujours grognon, l'insupportable petit-neveu geek qui se croit le plus intelligent, etc. Tous les petits agacements et divines surprises d'une famille nombreuse, rassemblée non par le hasard des combinaisons d'ADN, mais par l'alchimie des affinités de perception. Ce qu'Elena résume, dans son style flamboyant :

– Quelle chance qu'un vent féerique, venu la bite sait d'où, m'ait soulevée de ma misère et transportée sur Twitter !

Le blob et l'étincelle

Soudain elles disparaissent.

Pour Svetlana, l'éclipse se produit le jeudi 2 mars 2023. Le matin, je me connecte comme je le fais d'habitude, et je ne trouve ni message ni image. Pas de « Bonne journée aux patriotes ! » dont elle gratifiait son réseau depuis deux ans et demi. Aucune photo de sa tasse de café fumant. Silence radio toute la journée. Le lendemain pareil. Au troisième jour, après avoir vérifié qu'elle ne m'a pas bloqué, je comprends qu'il y a un souci.

Sa dernière publication, à laquelle je n'avais pas vraiment fait attention, est un commentaire qu'elle a posté sous un dessin d'un couple qui se bécote, façon couverture de la collection Harlequin :

– Envie de chialer. On dit qu'il existe pour chaque mauvais coup un ange à forme humaine qui se pointe pour essuyer les larmes. Peut-être. Mais alors pas pour moi.

Je remonte alors à la veille et je trouve :

– J'ai enfin un homme qui me dit que je suis sa préférée et que je suis belle. Dommage, il n'a que cinq ans.

Le gamin dont elle parle doit être un de ses enfants de l'école maternelle. On sent la déception amoureuse. Elle a reçu un coup, elle est à terre, à moitié sonnée, et se demande si ça vaut le coup de se remettre debout.

Un mois passe, elle est toujours absente. Je ne parviens pas à y croire. La twitter addict a décroché, se coupant brusquement de la communauté qui la soutenait moralement et, on l'a vu, financièrement.

J'en parle à Nathalie. Son verdict :

– Une déprime post-rupture. Je devine une relation assez courte (une semaine, quinze jours) qui avait l'air de bien fonctionner au début, avec des plans sur la comète, mais qui s'est grippée. Le type était peut-être marié. Il a couché et s'est barré. Pour qu'elle abandonne comme ça un réseau qui la faisait palpiter depuis tant de mois… Elle l'a sans doute rencontré sur Twitter. D'où son rejet de la plate-forme… Elle a pu aussi avoir un accident.

Pris d'un doute, je me rends sur le site de son école maternelle : non, elle est toujours parmi nous, Svetlana. Les horaires de sa classe n'ont pas changé. L'équipe pédagogique est justement en train de préparer les festivités pour le 9 mai, jour de la Victoire en Russie. Je lis : « L'éducation au patriotisme sur l'exemple du passé héroïque de notre

Patrie est l'une des principales composantes de notre travail. » On la reconnaît bien. Elle fait partie de ces éducatrices qui formatent les enfants à la haine.

À la mi-avril, après un mois et demi de silence, enfin une publication de Svetlana :

– Amis ! Chez moi tout est pareil. Ça ne veut pas dire bien. Merci à tous ceux qui m'ont cherchée, ça me touche beaucoup.

Puis silence à nouveau. Elle ne retourne plus sur Twitter. Je la retrouve en revanche sur Vkontakte. Elle y publie avec parcimonie, tous les quatre jours en moyenne, des textes plus longs, embrouillés par la rage d'en découdre avec les ennemis de la Russie, hachés de points d'exclamation, d'où je comprends que son taux de « patriotisme » dans le sang a considérablement augmenté. Elle réclame la peine de mort pour les actes de sabotage qui se multiplient en Russie. Elle prie pour que des frappes ciblées « éliminent rapidement les chefs occidentaux, à commencer par les Britanniques, qui gavent d'armement le pays 404 » – ce « pays 404 » étant pour elle l'Ukraine, par analogie avec la célèbre « erreur 404 » qui s'affiche quand une page n'existe plus sur internet. Elle prétend que « ce sont les armées sataniques de l'Occident qui ont envahi l'URSS pendant la Grande Guerre patriotique et tué 27 millions de Russes ». Et, quand elle apprend que des groupes de partisans anti-Poutine tournent les gardes-frontières russes en bourrique en s'infiltrant dans la région de Belgorod, elle s'exclame :

– Rira bien qui rira avec son chargeur plein !

Le fiel s'est concentré et l'illumine de l'intérieur.

Elle a aussi changé de coupe. Ses cheveux longs, parfois astucieusement montés en chignon, se sont assagis en carré, façon Louise Brooks. Ou ne serait-ce pas plutôt Jeanne d'Arc ? Extatique, communiant avec le ressentiment indicible, femme guerrière et fervente croyante, telle est la nouvelle Svetlana. La pétillante blonde, nostalgique de l'URSS et de ses momies, célèbre maintenant chaque fête orthodoxe sans y voir la moindre contradiction.

– Le Christ est ressuscité ! clame-t-elle à Pâques, en postant l'image d'une église aux bulbes dorés noyée de soleil, juste après avoir appelé au meurtre.

Son chœur de « patriotes », décoré de drapeaux russes et soviétiques qu'ils sèment dans leurs publications, de « Z » qu'ils accolent fièrement à leurs noms, lui tonne en retour :

– En vérité il est ressuscité !

Ces mêmes doigts manucurés qui tapent sur le clavier « on a raison de ne pas prendre de pincettes avec les Ukrainiens » partagent ensuite des recettes de *koulitch*, de *paskha*[1].

---

1. La brioche et le gâteau au fromage blanc servis traditionnellement à Pâques.

Non, les peines de cœur et la rupture d'avec Twitter ne l'ont pas rendue plus humaine, au contraire. Une froide détermination suinte maintenant de chacun de ses textes. Les hésitations qu'elle pouvait avoir se sont évaporées. Sa rancune est aujourd'hui sa consolation, son rempart, son espoir.

D'aucuns me diront que j'aurais pu le prévoir. La carapace d'ouate possède une faculté d'autorégénération unique ; mieux, plus elle prend de coups, plus elle s'épaissit. Ainsi, malgré les prodigieux déboires de l'armée russe et cette ambiance de fin de monde qui semble gagner la Russie, les vatniki ne changent pas, leur foi se reconstruit sitôt qu'une fissure s'y forme, le moindre doute y est asphyxié par un système immunitaire qui les protège de toute remise en question, de toute ingérence du bon sens ou de l'humanisme. Dès lors c'est un organisme parfait, indestructible. Un blob.

Devant Svetlana, je me sens un peu comme Marie Harris, cette Texane qui aurait été la première à découvrir le blob, dans son jardin, en 1973. Dégoûtée et fascinée par cet étrange lichen couleur omelette auquel personne ne faisait attention, elle essaie de l'exterminer à coups de râteau. En vain. Chaque matin le blob revient, et, d'humeur égale, la salue d'une excroissance gélatineuse nouvelle. Son « Bonne journée à tous les patriotes ! », en somme. Quand on le contrarie, le blob entre en léthargie, pendant plusieurs années s'il le faut. Sans jamais rien perdre de sa spécificité – cette obstination à défier la raison.

À peine ai-je retrouvé Svetlana qu'Elena a disparu à son tour. Pendant deux jours ses publications s'éteignent brusquement. Puis, dans un tweet lugubre, elle annonce la mauvaise nouvelle : elle a été convoquée au commissariat de police. Un flic l'a appelée, s'est présenté, et, très courtoisement, l'a priée de passer « afin de vérifier des informations vous concernant qu'on a trouvées dans l'espace public de la toile ». Elena, sous le choc, en a oublié sa communauté.

Son intuition lui souffle que c'est une dénonciation pour propos « discréditant l'armée ». Ça lui pendait au nez. Elle le sentait et minimisait ; j'étais, quant à moi, inquiet depuis longtemps. Tous les jours, elle avait des prises de bec avec des vatniki, que ce soit dans son tramway ou sur Twitter. Jamais de grands scandales mais des piques échangées, çà et là, à tout bout de champ, comme un fond sonore de dispute permanente.

L'année dernière, déjà, une alerte. Une passagère a rapporté à la régie qu'Elena tenait des propos « inadmissibles, ironiques ». Elle a été aussitôt convoquée par sa direction qui a menacé de transmettre le dossier à qui de droit, à savoir au « Comité d'investigation ». Elena a tout nié. « C'est un malentendu. La femme a tout compris de travers. » Puis elle a rédigé une « déclaration explicative » où elle a écrit (texto) qu'elle aimait Poutine, qu'elle ne ratait jamais une émission de Soloviev, et qu'elle travaillait jusqu'à deux cents heures par mois « pour contribuer au succès de notre grand pays ». Cette déclaration a semblé satisfaire la régie, qui n'a pas saisi le sarcasme.

Avec l'appel du commissariat, les ennuis passent à un niveau supérieur, très concret. Elle demande conseil à la communauté : que faut-il faire ? Les avis divergent.

– Efface tous tes comptes sur les réseaux sociaux, y compris Twitter. Appelle un avocat. Sois accompagnée.

– Dis que ce n'est pas toi, que ton compte a été piraté.

– Tu n'es pas obligée d'y aller, attends une convocation écrite.

– Pas d'accord ! Si tu n'y vas pas, tu montres que tu es coupable de mauvaises pensées. Ils passeront à ton domicile avec une perquisition. Ils viendront te cueillir de toute façon, à la maison ou au boulot, ce qui ne va pas plaire à ta direction. Laisse tomber le mode bravade, les ennuis ne feront que s'accumuler, et tu risques gros, prison comprise, car ils vont comprendre à quel point tu es contre eux, viscéralement, même s'ils n'ont pas grand-chose pour t'incriminer. Vas-y donc, et branche le crétinodrome : « Je savais pas, je connais pas, je comprends pas, meuh, meuh. »

Cette dernière stratégie lui semble judicieuse, l'ayant déjà expérimentée avec un certain succès auprès de sa direction. Elle a raison : jouer au crétin dans un pays qui a perdu la tête, c'est simple et c'est crédible. Quand on n'est pas fiché par ailleurs en tant que sympathisant de Navalny, éco-activiste ou grande gueule, quand on n'a pas d'ennemis dans l'administration et que personne ne convoite le poste qu'on occupe, on a de bonnes chances de s'en tirer avec une simple amende administrative.

Avant d'aller au commissariat, elle prend soin d'effacer l'application Twitter de son smartphone (sans supprimer le compte). Elle a peur que les policiers lui confisquent son portable, demandent le mot de passe et consultent ses tweets. Ce serait la cata. J'en frémis avec elle, moi, qui les ai tous lus depuis deux ans. Du matériau compromettant par camions entiers !

Je prends des précautions, moi aussi. Je décide de changer son prénom et quelques détails de sa vie pour qu'on ne puisse pas la pister à partir de mon texte si d'aventure il tombait en des mains obscures et hostiles. L'idée que cette femme, qui ne m'a rien demandé, voie sa vie exploser à cause de mon imprudence, me tétanise. Ainsi Elena n'est pas vraiment Elena, et, réciproquement, toutes les employées de la régie des transports municipaux de Perm sont des

Elena en puissance. Bon courage pour la retrouver ! Pour Svetlana, je n'ai pris aucune de ces pincettes ; personne ne la traque ni la dénonce, aucune officine terrestre ne s'occupe de sa personne, aucun danger ne la guette, sinon le pacte qu'elle a conclu elle-même avec sa malveillance intérieure. Svetlana est Svetlana point barre, et c'est tant pis pour elle.

Au commissariat, Elena prend la mesure de ses beaux draps. Soulagement, ce n'est pas sur Twitter qu'ils sont allés chercher leurs preuves. La source de ses ennuis est cette vatnitsa qui l'avait traitée de « russophobe » sur Vkontakte. Piquée dans son patriotisme, elle a exploré les publications d'Elena, fait des captures d'écran de toutes les « provocations » et a transmis le dossier aux services. Une chance qu'Elena ait eu la présence d'esprit d'effacer nombre de ses anciens coups de gueule, mais pas tous, et trop tard.

La pièce maîtresse de l'accusation est une photo du bombardement d'une maternité, à Marioupol, au début de la guerre. Elena a publié l'image en l'accompagnant du commentaire « Non, les bébés ukrainiens ne sont pas des fascistes ». Elle pensait pouvoir ébranler les certitudes des vatniki en les émouvant par des photos d'immeubles crevés et de gens en indicible détresse. Elle a été bien naïve. Quand elle se projette un an en arrière, Elena fulmine :

– Je me disais qu'ils ressentiraient de la honte, comme moi. Que dalle ! Ils n'ont pas un gramme de compassion. Même mes meilleures amies, comme Irka, sont desséchées ! Leur cœur est parti la bite se demande où.

En attendant que l'empathie descende dans le vatnik, c'est elle qui subit l'interrogatoire des poulets, qui ne sont pas nés de la dernière pluie :

– Quand vous nous dites que « Poutine est le meilleur président du monde », c'est un sarcasme ?... Ne faites pas l'innocente. Pourquoi avez-vous supprimé votre publication quand on vous a convoquée ? Est-ce parce que vous saviez qu'elle était illicite ?

Astucieuse, Elena répond qu'elle est pacifiste dans l'âme, ce qui explique pourquoi elle a du mal à supporter les immeubles détruits, même quand ce sont ceux des « nazis » :

– Si on pouvait faire la guerre sans casser les choses, je serais enthousiaste. Alors que là... C'est quand même duraille... Vous imaginez ? Vous auriez envie d'y aller vous, là où ça tombe ?

– Vous n'avez pas tort, concède le flic. Je préfère rester à Perm que partir en Ukraine.

Elena savoure cet aveu comme un petit triomphe.

– Il n'en reste pas moins, madame, qu'on a fait faire une expertise linguistique.

Et vos propos sont clairement à connotation critique. En plus, vous avez écrit « Poutine » et « Lavrov » avec des minuscules.

Par chance, ils n'ont trouvé aucune publication où elle aurait appelé à renverser le régime ou, pire, liquider Poutine. On serait aussitôt passé de « discrédit des forces armées » à « extrémisme » et « terrorisme », catégories pénales, où l'on peut se prendre dix, quinze ans de camp.

– Allez, rentrez chez vous. On reviendra vers vous le moment venu.

Et ils tiennent parole. Un préposé l'appelle pour lui signifier que son dossier a été transmis à la justice. Elle sera bien jugée pour « discrédit ». En soi, c'est un soulagement. Elle évite le pire. Est-elle d'accord avec cette qualification ? Non, s'entête Elena. « Ah bon ? » s'étonne le préposé. Elena explique, encore une fois et sans trop y croire, que ces publications n'étaient qu'une soupape d'un trop-plein d'émotion et pas un acte volontaire de « dénigrement ». Ces nuances n'intéressent pas le préposé. « Le juge jugera. Merci. »

On lui communique la date de son jugement. Ce sera le 10 juin. Pile deux mois après la première convocation. La machine travaille vite.

Elena attend, sur les nerfs. Elle a des crises d'angoisse, dort mal et a perdu cinq kilos, « seul point positif », comme elle dit, de ce qui lui arrive. L'amende sera entre 30 000 et 50 000 roubles (460 à 770 euros), une somme gigantesque pour ses faibles revenus. Alors elle prépare le terrain pour une quête Twitter :

– Sans vous, cette fois, je suis morte. En plus, je viens de le constater, ma cuisinière me lâche, il n'y a plus qu'une seule plaque qui marche. C'est le pompon !

La famille Twitter lui répond franchement :

– Tu peux compter sur moi. 200 roubles.

– J'aimerais bien te dépanner, mais impossible cette fois.

– Crêpe ! Pourquoi tu n'as pas effacé ton compte Vkontakte ? On te l'avait dit il y a longtemps, et plusieurs fois. C'est débile. Moi, j'en ai marre que t'écoutes pas. Grandis ! Désolé.

– Économise sur la manucure, tu dois pouvoir y arriver.

Le mois précédent, en effet, Elena a craqué. Elle a dépensé 1 000 roubles (15 euros) pour se faire faire les ongles. Certains ne l'ont pas digéré.

Le 10 juin, elle est devant le juge. Elle a pris une semaine de congé pour que sa direction ne devine pas où elle est. Sa ligne de défense : oui, j'ai eu tort, et le passage au commissariat m'a ouvert les yeux. La politique, de toute façon, ne m'intéresse pas et j'y connais rien. Ce que j'ai mis dans ma publication ? C'était il y a longtemps, je ne me souviens plus. Et je ne comprends pas bien votre question. Je suis une simple vendeuse de tickets. Vive Poutine !

On la reconnaît coupable – le contraire était impensable. En Russie, la justice est un modèle d'efficacité : seul un jugement sur trois cents est un acquittement[1].

La juge a été gentille, l'amende a été fixée à la plus petite somme possible, soit 30 000 roubles.

Aussitôt Elena lance l'appel aux dons. En moins de deux semaines la somme est rassemblée. Même certains réticents participent :

– Je t'ai quand même transféré 100 roubles. Mais bordel, ferme Vkontakte, c'est trop bête !

Elle n'y arrive pas et continue à s'y rendre régulièrement pour « regarder com-

---

1. Chiffres officiels du ministère de la Justice, repris par RIA Novosti, 20 avril 2023. Sur 614 726 jugements rendus en 2022, 2 062 ont été des acquittements.

ment évolue l'humeur des vatniki ». J'ai peur qu'elle finisse par craquer et laisse un commentaire désobligeant qui la condamnera à la récidive. Si le Bon Dieu lit mon texte, puisse-t-il lui envoyer la retenue, à défaut d'une tête froide !

J'aimerais bien lui expédier un peu d'argent moi aussi. Ce serait honnête. Pour toute la générosité avec laquelle elle m'a ouvert sa vie, pour tout le plaisir aussi qu'elle m'a donné, la joie surtout de constater qu'il est possible d'abandonner sa peau de vatnik et renaître détoxiqué, même si ce parcours n'est pas simple. Après tout, elle vend des billets de tramway, et j'ai profité du voyage sans payer.

Aujourd'hui les virements vers la Russie sont bloqués dans presque toutes les banques. « Il paraît que l'on peut passer par Chypre », m'apprend Nathalie. Ce genre de conseil, d'une praticité nulle pour un particulier, fait sourire ou enrager d'impuissance. De toute façon, Chypre ou pas, à l'arrivée, sur le relevé bancaire d'Elena, on verra qu'elle a reçu de l'argent en provenance d'Occident. Même chose si je trouve un moyen de créditer directement sa carte bancaire, via des services en ligne de plus ou moins bonne réputation. Ce ne serait pas bon pour elle, pas bon du tout, si jamais elle finissait par avoir sur le dos une véritable enquête du Comité d'investigation. Reste la transmission de la main à la main, comme au temps de l'Union soviétique. Il faudrait alors dénicher à Paris un voyageur en provenance de Russie qui aurait de la famille à Perm. Muni d'une bonne recommandation, bien sûr, pour pouvoir lui faire confiance. Un pèlerin égaré. Je lance un appel.

En attendant que j'y parvienne (j'ai bon espoir), merci Elena, merci pour tout. Cernée à tous les niveaux par des Svetlana enivrées de leur propre rage et des vatniki emmitouflés dans l'ouate, tu conserves chez toi, dans ton écrin Twitter, le regard humaniste qui a déserté la Russie. Comme ces croyants qui, dans les années 1920, cachaient chez eux livres et icônes récupérés dans les églises fracassées par les bolcheviks, tu es animée par cet élan irrésistible de préservation des trésors. Sans rien avoir à y gagner sinon d'infinis ennuis, tu sauvegardes l'étincelle, et tu n'en tires aucun orgueil car tu le fais avec la spontanéité de l'instinct. J'espère de tout cœur que tu finiras par trouver cet homme gentil, honnête, sobre et antiguerre qui te réparera ta cuisinière et t'invitera au Monténégro, rue Maxime-Gorki.

Table

Achevé d'imprimer en août 2023
par Normandie Roto Impression s.a.s.
61250 Lonrai

N° d'éditeur : 2860
N° d'édition : 611999
N° d'imprimeur : 2303446
Dépôt légal : septembre 2023

Imprimé en France